自分の心をみつける
ゲーテの言葉

一校舎比較文化研究会／編

JN286333

ゲーテの生涯

◎誕生から少年時代まで

父親から受けた英才教育

ヨハン・ヴォルフガング・フォン・ゲーテは一七四九年八月、ドイツ西部の自由都市フランクフルト・アム・マインに生まれました。父ヨハン・カスパルは帝室顧問《こもん》官、母エリザベトの家は代々市長を務めた法律家という名門でした。

ヨハン・ヴォルフガングは長男で、一歳年下に妹のコルネーリアがいました。その後に生まれた四人の弟妹が幼くして亡くなったこともあり、ゲーテは両親から自分に向けられる大きな期待を感じながら、幼年期を過ごしたのです。

学校教育を信用していなかった父は、ゲーテが二歳のときにみずから外国語を

フランクフルトに残るゲーテの生家。現在は「ゲーテハウス（Goethehaus）」として一般に公開されており、当時のままに再現された書斎などを見学することができる（写真提供・ドイツ観光局）。

教え始めました。四歳で数学、さらに博物学や地理、歴史も学ばせて、自分で教えられない音楽や絵画のような科目には、家庭教師をつけました。

六～七歳のころには、ラテン語・ギリシャ語を始め数か国語をマスターしたという抜群の語学力、それに早くも文学的才能のほうも見せ始めていました。八歳の新年には、母方の祖父母に自作の詩を贈っています。

初めての恐怖

ゲーテが六歳になった一七五五年、知的好奇心にあふれる楽しい日々を、突然の恐怖が襲いました。十一月一日に起きた、ポルトガルのリスボン大地震です。大きな商業都市が一瞬にして倒壊し、続いて襲った

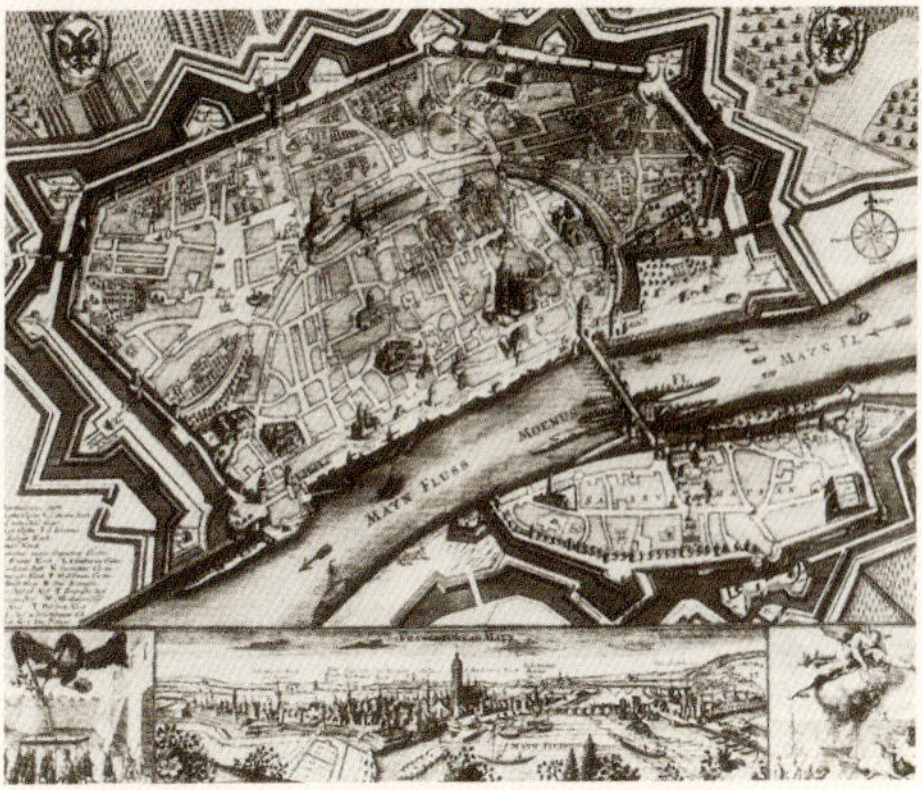

1749年頃のフランクフルト。

津波《つなみ》の前に廃墟《はいきょ》となってしまったのです。

ゲーテは、自伝『詩と真実』の中で当時を次のように回想しています。

「創造主は正しい者も死滅の淵《ふち》に送ることによって万物《ばんぶつ》の父たる実を示さず、少年の心はその印象からなかなか立ち直れなかった」

フランス文化との出会い

ゲーテが十歳のころ、フランス軍が勢力を広げ、ドイツに侵攻を始めました。一七五九年、フランクフルトも占領され、ゲーテの家はフランス軍将校トラン伯爵《はくしゃく》一行の宿営地となりまし

1755年のリスボン大地震。リスボンの街は津波と火災で壊滅状態となり、数万人の死者を出す大惨事になった。

た。ゲーテの父は、侵略者に部屋を貸す屈辱《くつじょく》に怒りを燃やしましたが、母もゲーテも紳士的な伯爵と親しく付き合い、フランス文化に触れる機会を楽しみました。

劇場では毎夜フランス劇が上演されました。祖父から無料パスをもらったゲーテは、毎晩欠かさず劇場に通いました。ゲーテの最高傑作の一つである『ファウスト』は、もとは伝承民話ですが、人形劇でその民話を知ったのもこのころです。歴史に残る傑作の種子が、少年ゲーテの胸の奥底に植え付けられたのです。

また、役者の少年と親しく付き合ったゲーテは、すぐにフランス語を習得してしまいました。

トラン伯爵はゲーテ家で数年間を過ごしました。伯爵の公平な考え方と、絵画を始めとする芸術への情熱と博識は、ゲーテにとって大きな栄養となったのです。

文化的で豊かな生活を送っていたゲーテ一家（1763年頃）。

ピアノと絵画

トラン伯爵《はくしゃく》一行が去った後、平穏《へいおん》を取り戻したゲーテ一家は再び家庭教師を雇い、兄妹の教育に力を入れました。芸術科目では、ゲーテはピアノよりも絵画を、妹のコルネーリアは絵画よりもピアノを熱心に勉強しました。後世のゲーテが「耳は物言わぬ感覚器官」と聴覚よりも視覚を重んじたのも、こんな少年期の教育に端《たん》を発しているのでしょう。

初恋――グレートヒェン

それからまもなく、十四歳のゲーテに初恋のときが訪れます。友人たちのいたずらで自分の詩を利用されたゲーテは、それを戒《いまし》める年上の美しい少女、グレートヒェンと出会ったのです。『ファウスト』にも登場するグレートヒェンとの初恋は、手を触れ合うことさえも稀《まれ》な、清純なものでした。

ファウストの最愛の女性マルガレーテ(通称グレートヒェン)はファウストの子を身ごもり、その結果身を滅ぼしてしまう。

グレートヒェンとの別れ

時は一七六四年、フランクフルトは、ローマ帝国皇帝にヨーゼフ二世が選定されるという歴史的出来事の舞台となっていました。父の手伝いで選定会議の議事録をつける仕事にたずさわったゲーテは、政治が大きく動く現場をまざまざと自分の目で見たのです。

そんな多忙な中でもゲーテはグレートヒェンとの時間を楽しみ、知識欲の旺盛《おうせい》な彼女に行政のしくみを教えたりもしました。

しかし、何日も続く戴冠《たいかん》式典の騒ぎの中で、ある誤解からゲーテの仲間たちが逮捕され、ゲーテ自身も謹慎の身となりました。結局は無実が証明されたものの、グレートヒェンは町を去り、二人が再び会うことはなかったのです。

ヨーゼフ二世の戴冠《たいかん》行列（作者不明の絵）。式典にはゲーテも参列した。

〈ゲーテを取り巻く人々〉

ゲーテは、他人から離れた孤独な状態では、芸術の創造は不可能だと考えていました。常に人とかかわり、女性や文学者、音楽家などと互いに影響を与え合いながら、偉大な芸術家へと成長していったのです。

レッシング（文学的影響）　ヘルダー（疾風怒濤＝文学革命）　メルク　クレッテンベルク（宗教・神秘学）

〈青年期〉
～26歳
（1749～1775）

グレートヒェン（初恋）
ケートヒェン
リリー（婚約→破棄）

フリーデリケ

〈ヴァイマル前期〉
26～37歳
（1775～1786）

アウグスト公

（ヴァイマルへ招聘）

シャルロッテ
シュタイン夫人（12年間の恋愛）
ヴィーラント（文学者：よき友人）

〈イタリア紀行〉
37～39歳
（1786～1788）

〈ヴァイマル後期〉
39～82歳
（1788～1832）

作曲家ツェルター
シラー

（互いに大きな影響）

クリスティアーネ（同棲のち結婚）
エッカーマン

（晩年の優秀な助手。のちに『ゲーテとの対話』を執筆）

ウルリーケ

（最晩年の片想い）

◎大学時代〜自立への道

ライプツィヒへ

初恋の少女との苦《にが》い別れと、謹慎という不名誉な罰《ばつ》を経験したゲーテの悲しみと挫折《ざせつ》感は、病《やまい》の床《とこ》に伏すまでに深いものでした。しかしそれは同時に、成長と自立の第一歩でもあったのです。

翌年秋、十六歳のゲーテが大学に進学するときがきました。古文献学を修《おさ》めて大学の教職を得ようと考えていたゲーテは、ハイネやミヒャエーリスといった優《すぐ》れた古代言語学者が教鞭《きょうべん》をとるゲッティンゲン大学に進むことを希望していました。しかし、父はゲーテが将来は法学者となることを望み、ライプツィヒ大学への進学しか認めなかったのです。

ゲーテは父に従い、ライプツィヒへと旅立ちました。

ドイツ地図。フランクフルトからライプツィヒに至る「ゲーテ街道」。途中にはヴァイマル、イエナなどゲーテゆかりの地が多い。

ライプツィヒ大学

新生活と学問への期待に胸をふくらませてライプツィヒに到着したゲーテは、法律を学び始めるとともに、本来関心を寄せていた古文献学を研究するため、作家でもあったゲラート教授の授業を受け始めます。

しかし、法律の授業もゲラートの授業もゲーテの期待にかなうものではなく、ゲーテは勉強を投げ出すようになります。悩みの末に、少年時代に書いた自信作をすべて暖炉《だんろ》に投げ入れて燃やしてしまったのもこのころのことです。

また、故郷から持ってきた高級だけれども野暮《やぼ》ったい衣服や、自分の南ドイツ方言も悩みの種《たね》となりました。結局すべての衣服を作り替えてしまったゲーテは、この出費について「新しい生活にはそれなりの授業料を支払うものだ」と自伝に記しています。

1409年創立の歴史を持つライプツィヒ大学。哲学者ニーチェや作曲家シューマン、また、森鷗外《もりおうがい》もここで学んだ。

新しい恋――ケートヒェン

大学に入ってまもなくゲーテは新しい恋に落ちます。相手は、ゲーテの住居の食堂の手伝いをしていた、アンナ・カタリナ・シェーンコップ、通称ケートヒェンでした。

ケートヒェンは心からゲーテを愛しました。しかしゲーテは、詩作の失敗からの不《ふ》機《き》嫌《げん》や気まぐれを彼女にぶつけるようになります。そして、つまらない嫉妬《しっと》で彼女を追い詰め、苦しめることとなったのです。ケートヒェンは忍耐を重ねましたが、心を深く傷つけられ、とうとうゲーテのもとから去っていきました。

別れの後にゲーテは、深い自責の念を込めて、嫉妬に狂う男が主人公の戯曲『恋人の気まぐれ』を書き上げました。

ゲーテより3歳年上だったケートヒェンは、誠実で温かい心の持ち主だったといわれている。

病気と帰郷

ライプツィヒでの学生生活は、旅立ちのときに思い描いていたように晴れがましいものではありませんでした。

しかし親の庇護《ひご》から離れた青年ゲーテは、恋愛に情熱を注ぎ、別れに苦悩し、また友と遠出をしたり議論を戦わせたり、ときには痛飲《つういん》したりと、自由を満喫《まんきつ》し濃密な青春を生きたのです。

ところが、大学三年目の一七六八年夏のある夜、ゲーテは激しく喀血《かっけつ》し、生死の間をさまようことになります。日ごろの不摂生《ふせっせい》からの病《やまい》が、生命を脅《おびや》かすほどに身体をむしばんでいたのです。

一命を取り留めたゲーテは、久しぶりに精神の快活さを得て、別人となったような軽やかさを感じました。そして、愛情を注ぎ助けの手をさしのべてくれた人々に深く感謝しつつ、フランクフルトへと帰郷したのです。

ライプツィヒ時代のゲーテが足しげく通った居酒屋「アウアーバッハス・ケラー」。『ファウスト』にも登場するこの店は現在も営業中。

フランクフルトでの心身の快復

十九歳のゲーテは、病後に残った首の腫瘍《しゅよう》と消化器の不調をかかえ家族のもとに帰り着きました。いわば落ちこぼれて戻ってきたゲーテに落胆《らくたん》した父親に対し、母と妹はゲーテを喜んで迎え入れます。特に妹のコルネーリアは、心身ともに衰《すい》弱《じゃく》しきった兄を献身的に看病し、何とか楽しませようと意を尽《つ》くしました。

また、母の友人のフォン・クレッテンベルクとの出会いも大きな出来事でした。当時四十歳ほどにして独身だった彼女の清楚《せいそ》さと物腰《ものごし》の美しさ、また知的好奇心と独特の宗教心は、ゲーテを強く感化しました。

彼女の存在は、特にゲーテの宗教観の醸成《じょうせい》に大きな影響を与えています。後に書かれた『ヴィルヘルム・マイスターの修行時代』の第六部「美しい魂《たましい》の告白」は、クレッテンベルクとの親交をもとにしたものです。

フランクフルトの自宅で机に向かうゲーテ(1768～70年ごろ、ゲーテ自身によって描かれた絵)。

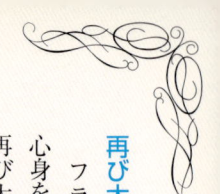

再び大学へ――シュトラスブルク

　フランクフルトで母や妹の愛情に癒《いや》され、心身を快復《かいふく》させたゲーテは、一七七〇年の春、再び大学へと向かいます。今度はアルザス地方のシュトラスブルク大学です。法律の学位取得が第一の目的でしたが、フランス文化の影響が色濃いシュトラスブルクの地に、新しい可能性を感じてもいたのです。

　新しい土地でゲーテは、ドイツロマン主義に多大な影響を与えた大作家ヘルダーと出会い、大きな成長を遂げることとなりました。また、少女フリーデリケとの恋も経験します。

　シュトラスブルクでの一年余は、青年ゲーテにとってきわめて重要な時期でした。フランクフルトでの療養《りょうよう》期にはぐくんだ深い洞察《どうさつ》と宗教観をもとに、思想と経験の幅《はば》を広げ、みずからの才能を開花させようとしていたのです。

フランス東部・アルザス地方のストラスブール大学（「シュトラスブルク」はドイツ語の読み方）。現在は３つの大学に分かれている。

マルチな知の巨人〈ゲーテの関心領域〉

ゲーテの探究心は、文学だけでなく科学・哲学・宗教学・美術など多彩な領域に向かいました。特に科学への関心と情熱は、生涯薄れることがありませんでした。

法律・行政

大学で法学を学び、はじめ弁護士として開業。ヴァイマル公国では宰相として広く行政にかかわった。

宗教学

自然と神とは同一だとする宗教観。神秘主義に強い関心を持ち、錬金術を探究（『ファウスト』に反映）。

哲　学

青年期からスピノザに深く共鳴。ライプニッツ、カントなども研究。

音　楽

古典派の音楽、特にモーツァルトを好んだ。作曲家ツェルターと親交。後にベートーヴェンの作品も評価するようになった。

文　学

詩・戯曲・小説・文芸評論など、広い領域で多くの優れた作品を残す。

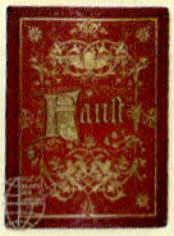

1854年刊『ファウスト』。

美術・絵画

画家や美術家に囲まれて育つ。みずからも銅版画や水彩画を手がけた。

科　学

ゲーテ自筆の、バラの花芽伸長を描いた絵。

○色彩学　『色彩論』（約20年かけて執筆。）
○地質学・鉱物学・気象学
　ヴァイマル期より探究。数々の論文を残す。
○植物学　『植物変態論』など。
○動物学　特に骨学や変態論を研究。
○解剖学・医学・比較形態学など。

◎作家ゲーテの誕生

学位取得と故郷での開業

一七七一年八月、二十二歳のゲーテは法学得業士の学位を取得して帰郷しました。論文を書き上げ学位を得たゲーテを、父は満足顔で迎えます。ふるさとの地でゲーテは妹や友人たちとのしばしの交《まじ》わりを楽しみました。そして、弁護士として開業することになります。

この時期にゲーテがもっとも影響を受けた人物は、ヘルダーの口利《き》きなどによって知り合ったヨハン・ハインリヒ・メルクです。当時ダルムシュタットの軍事主計官であり、動物・古生物学者でもあったメルクから、ゲーテは近代文学や歴史などについて多くの示唆《しさ》を受けました。一風《いっぷう》変わったところのあったメルクはゲーテのよき理解者、友人となり、『ファウスト』の登場人物メフィストフェレスのモデルにもなっています。

ゲーテに大きな影響を与えたヘルダー(1744〜1803:右)とメルク(1741〜1791:左)。

1770年頃のヴェッツラー（作者不明の銅版画）。

ヴェッツラーでの滞在

この時期ゲーテは、表向きは弁護士を職としながらも、本格的に文学にのめり込んでいきます。そんなゲーテに業《ごう》を煮《に》やした父親は、一七七二年にゲーテをヴェッツラーの高等法務院へ研修に行かせます。当初ゲーテは、法務院という世界に抵抗を感じていましたが、実際に滞在してみると「そこは第三の大学だった」のです。知り合いとなった公使館付きの人々は非常に機知《きち》に富《と》んでおり、騎士言葉やさまざまな隠喩《いんゆ》をあやつって、中世風の芝居や会話を楽しんでいました。

ゲーテはすぐに彼らの仲間となり、「誠実者ゲッツ・フォン・ベルリヒンゲン」というあだ名を得ました。後にゲーテは、この騎士の名をタイトルとする作品を匿名《とくめい》で書き、「疾《しっ》風怒濤《ぷうどとう》」と呼ばれるドイツ文学革命の幕開けを飾ったのです。

シャルロッテ・ブッフ

ヴェッツラーでゲーテは新しい恋に出会います。相手はすでに婚約者のあったシャルロッテ・ブッフ、愛称ロッテでした。数年前に母を亡くしたロッテは、父と弟妹の面倒を見ながら生きる十九歳の快活な女性でした。

ロッテの婚約者ケストナーに彼女を紹介されたゲーテは、三人で過ごす時間の中でロッテへの恋に落ちていきます。しかし、知人でもあったケストナーからロッテを奪い取ることはできず、結局ヴェッツラーを去ることでロッテに別れを告げました。

帰郷後、ゲーテのもとに、ある友人が人妻との不倫の末に自殺したというニュースが届きます。衝撃を受けたゲーテは、この事件とみずからのロッテへの恋の経験をもとに『若きヴェルテルの悩み』を書き上げたのです。

シャルロッテ・ケストナー（旧姓ブッフ）と、彼女の生家。ここは現在「ロッテ・ハウス」として残され、『若きヴェルテルの悩み』に関する資料などを収蔵して一般に公開している。

『若きヴェルテルの悩み』

この作品は、法学研修生のヴェルテルが、友人ヴィルヘルムにあてて自らの想いをつづった手紙という形で書かれています。

新しい町に引っ越してきたヴェルテルは、婚約者のいる女性シャルロッテへの恋に落ちます。彼女への報われない思いに、ヴェルテルの繊細《せんさい》な心は燃え上がり、傷つき、この上ない悩みと苦しみを経験します。そして、シャルロッテが結婚したという知らせを受けたヴェルテルは、「さようなら、ロッテ」という言葉を残してピストル自殺を遂《と》げるのです。

この作品は、出版されると同時に大変な話題を呼び、文学者ゲーテの名を不動のものにしました。

また、世間ではヴェルテルの影響を受けて自殺する若者が相次ぎ、「ヴェルテル効果」という言葉まで残しています。皇帝ナポレオンの愛読書であったとも言われています。

Die Leiden
des
jungen Werthers.
Erster Theil.
Leipzig,
in der Weygandschen Buchhandlung.
1774.

『若きヴェルテルの悩み』
初版本（1774）の表紙。

カール・アウグスト公との出会い

『若きヴェルテルの悩み』の大ヒットは、後のゲーテの運命を変える出会いをもたらしました。ゲーテの名声を聞きつけたヴァイマル公国のカール・アウグスト公が、フランスへの旅行の途中にフランクフルトのゲーテのもとを訪れたのです。ゲーテは公を丁重《ていちょう》にもてなし、同世代の二人は学問や芸術の話に花を咲かせました。

カール・アウグスト公（1757～1828）。ゲーテを訪れた当時、まだ17歳の青年だった。

リリー・シェーネマン

一気に名声を得たゲーテに、また新たな恋の相手が現れます。フランクフルト屈指の財産家の娘リリーです。ゲーテとリリーは深く愛し合い、一七七五年の春には婚約にまで至りました。しかし、宗派が異なるという問題もあり、二人の家族は互いに反目しあい、結婚は大反対を受けます。そして、同年秋に、二人の仲はとうとう破局を迎えたのでした。

エリーザベト・シェーネマン（通称リリー）。美しく優しいリリーとの恋は短かった。

〈鉄の手のゲッツ・フォン・ベルリヒンゲン〉

『若きヴェルテルの悩み』でドイツ文学界にその名をとどろかせる前、1773年にゲーテは匿名で戯曲を発表し、一大センセーションを巻き起こしました。それが『鉄の手のゲッツ・フォン・ベルリヒンゲン』です。

ゲッツ・フォン・ベルリヒンゲン

中世ドイツに実在した英雄的な騎士ゲッツ・フォン・ベルリヒンゲン(1480〜1562)。自叙伝が1731年に出版される。

↓

シュトラスブルク時代のゲーテは、この自叙伝をもとに構想を練り始める。

↓

ヴェッツラー時代も構想を続ける。当時のゲーテのあだ名は「誠実なゲッツ・フォン・ベルリヒンゲン」。

↓

ヘルダーの助言でシェイクスピアの戯曲を参考にして執筆。

友人メルクが出版を援助。

1771年に初稿完成。改稿を経て、1773年『鉄の手のゲッツ・フォン・ベルリヒンゲン』出版。

《ストーリー》

ゲッツは片腕が鉄の義手の騎士。神を敬い皇帝に忠誠を誓い、自分の信じる正義のために戦う英雄。弱者を助け強者をくじくが、やがて腐敗した世間の価値観はゲッツとすれ違い始める。ゲッツはついに投獄され、「自由」を唱えながら死んでいく。

反響は……人間精神の偉大さをたたえ、古い文学観をくつがえすこの衝撃作は大好評を博し、ドイツ文学の革新運動「疾風怒濤(シュトゥルム・ウント・ドランク)」の代表作に。

◎ヴァイマルでの政治家時代

ヴァイマル公国へ

リリーとの別れから間もなく、二十六歳のゲーテのもとに、ヴァイマル公国から「わが国で政務をとってほしい」という要請が届きました。ゲーテはこれを受け、一七七五年十一月にヴァイマルへと旅立ちます。

当時のヴァイマルは人口六千人ほどの小国で、かつてゲーテが訪れた都市に比べると大変貧しく寂《さび》れた土地でした。当初、ゲーテは数か月ほど滞在したら帰郷するつもりだったそうです。しかし、実際に滞在してみると、ゲーテにとってヴァイマルは非常に魅力的な土地でした。結局ゲーテはヴァイマルの宰相《さいしょう》となり、この地に定住することになります。そして、八十二歳で没するまでの思索と行動の生涯を、ヴァイマルを拠点として送ったのです。

今も残るヴァイマルの城。1774年の火災の後に再建された。

ヴァイマルでの生活

ヴァイマルの実際の政務は、アウグスト公の母アマリア公爵《こうしゃく》夫人がこなしていました。夫人は、文化に造詣《ぞうけい》が深く、人間的にもすぐれた人物でした。

当時のヴァイマルは大火《たいか》によって荒廃《こうはい》し、財政的にも非常に困窮《こんきゅう》していました。夫人は国を建て直すために力を注《そそ》ぎ、ゲーテのほかにも多くの文化人・政治家を呼びよせています。一七七六年にはゲーテの導きによってヘルダーも招かれ、教会のヴァイマル管区総監督に就任しました。

ゲーテは、外交政策から軍事、財務に至るまでの責任者として大いに腕をふるいました。災害があれば必ず駆けつけ、道路の建設では国中を視察し、人々の生活を助けるためにさまざまな産業を興《おこ》そうと努力しました。また、鉱山の開発や森林管理のため、鉱物《こうぶつ》学や植物学の研究を進めたのもこのころのことです。

ヴァイマル時代のゲーテが最初に住んだ「ガルテンハウス」。ゲーテは緑に囲まれたこの家を愛し、新しい邸宅《ていたく》に移った後も別荘として使用した。

シャルロッテ・フォン・シュタイン

ヴァイマルに到着した数日後、ゲーテは七歳年上のシュタイン夫人に出会いました。夫人には夫と七人の子どもがいましたが、ゲーテは包容力に満ちた夫人に心酔《しんすい》し、彼女のもとに足しげく通うことになります。

二人は互いを尊敬し、啓発《けいはつ》し合いました。ゲーテは、夫人と会うと気持ちが平静になり、困難に陥《おちい》っていても再び闘志《とうし》を取り戻すことができたと言われています。そして、多くの詩で夫人をほめたたえ、「前世で夫人は自分の妻か妹であった」とも書いています。

ヴァイマルまでのゲーテの恋愛は数か月から二年程度の短い恋でしたが、夫人との交際は、ゲーテがイタリアに旅立つまでの約十二年間にわたって続きました。

シュタイン夫人はゲーテのよき理解者であり、安らぎを与える存在だった。

イタリアへの旅立ち

政務に忙しく創作の暇《いとま》もない日々の中、ゲーテの内面に芸術への渇望《かつぼう》が湧《わ》きあがってきました。そして一七八六年、ゲーテは突然イタリアに旅立ったのです。

〈旅の人ゲーテ〉

ゲーテは旅の人でした。公用の旅、自然探究の旅、療養など、生涯の旅の回数は百数十回、旅に出ていた期間は何と通算13年を超えると言われます。ゲーテはこう語ります―「旅は旅そのものが目的だ」と。

◎文豪としての成熟

イタリアからの帰国

二年ほどにわたるイタリア旅行の間、ゲーテはひたすら歩き回り、五感を研《と》ぎ澄《す》ませて周囲の文物や自然を観察しました。知識としては知っていたルネサンスの芸術を自分の目で心ゆくまで味わい、「予測したものと現実とは何と違うことか」と友人に書き送っています。

また、『ファウスト』などの構想を練《ね》ったり、詩を書いたり、友人に手紙を書いたりと、それまでの忙しい十二年間を取り戻すかのように、芸術家としての思索の時間を堪能《たんのう》しました。この陽光輝《かがや》くイタリアでの日々の記録は、のちに『イタリア紀行』としてまとめられ、刊行されています。

こうして、イタリアで充実した充電期間を過ごし、心身をリフレッシュさせたゲーテは、一七八八年六月、再びドイツに戻りました。

ティシュバイン画「カンパーニャのゲーテ」。ローマ滞在中、ゲーテはこの画家の家に間借りしていた。

クリスティアーネ・ヴルピウスとの結婚

ヴァイマルに戻ったゲーテは、こまごまとした政務を離れ、文化的な活動に中心をおくようになります。そして、まもなく知り合った二十三歳の女工クリスティアーネと電撃的に同棲《どうせい》を始めます。突然の出奔《しゅっぽん》に突然の帰国、さらに身分もない女工を恋人にしたゲーテに、周囲は冷淡な目を向けました。しかし、イタリアの旅でゲーテは、人間としての根元的な喜びを悟《さと》って帰ってきたのです。そのことは、『ローマ悲歌』に描かれた愛の世界からも読みとることができます。

一八〇六年、ナポレオンとフランス軍がヴァイマルに入った騒動の中、二人は正式に結婚しました。クリスティアーネとの間には五人の子どもが生まれましたが、無事に育つことができたのは長男のアウグストだけでした。

1811年頃のクリスティアーネ。

フランス革命とゲーテ

一七八九年にはフランス革命が勃発《ぼっぱつ》します。文化人の多くは革命を支持しましたが、ゲーテは暴力を否定し、革命軍がドイツ各地になだれ込んできたときも平和的外交の姿勢を示しました。しかし、戦乱期の一七九二年と九三年には対フランス戦に従軍しています。

自然科学とゲーテ

学生時代から化学や医学に興味を持っていたゲーテは、芸術家としてのみならず、科学者としても並々ならぬ功績を残しました。それは、徹底した自然観察と、神秘哲学の探究――いわば「見えない真実」に対する考察――の双方に支えられたものでした。

ヴァイマルに赴任《ふにん》した後は解剖《かいぼう》学や鉱物《こうぶつ》学の研究を進め、一七八五年には植物学に着手しました。そして一七九八年には『植物変態論』を、一八〇六年には『動物の変態』を刊行しています。

さらに一八一〇年には、歴史に残る名著『色彩論』を著《あらわ》しました。『色彩論』でゲーテは、色彩を単なる客観的な自然現象ととらえるのではなく、人間の眼の働

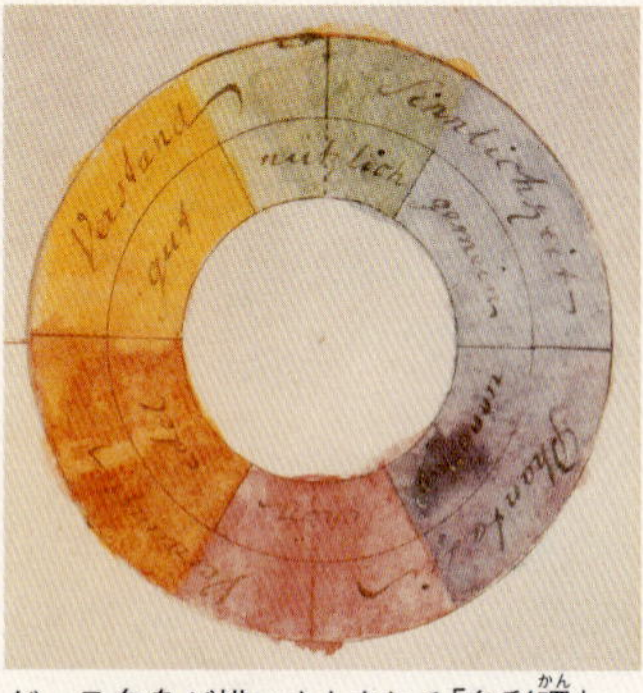

ゲーテ自身が描いたとされる「色彩環《かん》」。

きを重要視し、色彩の成立は有機的・生命的な自然の調和なのだと主張しました。この考え方は、ニュートンに代表される近代科学の世界観を根本から否定するものでした。

「色彩は光の行為である。行為であり、受苦である」（『色彩論』まえがき）

シラーとの親交

偉大な詩人・思想家のフリードリヒ・フォン・シラーとゲーテは、初めのうちはゲーテが「両極が交《まじ》わることはない」と言ったほど反目し合っていました。

しかし一七九四年、イエナで行われた植物学会で議論を戦わせた二人はすっかり意気投合し、以後、ドイツ古典主義の盟友《めいゆう》として、互いになくてはならない存在となったのです。

ヴァイマルに移り住んだシラーはゲーテに文学上の数々の助言を与え、芸

ヴァイマルの国民劇場の前に立つゲーテとシラーの像（写真提供：ドイツ観光局）。

術の道を歩むゲーテを励まし続けました。シラーとの出会い以降、ゲーテの筆は巨匠《きょしょう》の域に向けて一気に進んでいったのです。『ヴィルヘルム・マイスターの修行時代』や『ファウスト』の成立には、シラーとの対話が多大な影響を与えています。

一八〇五年、シラーが死去すると、ゲーテは衝撃と失意のあまりしばらく病《びょう》床《しょう》に伏しました。成熟期にあったゲーテはそれほどまでに彼を敬愛し、必要としていたのです。

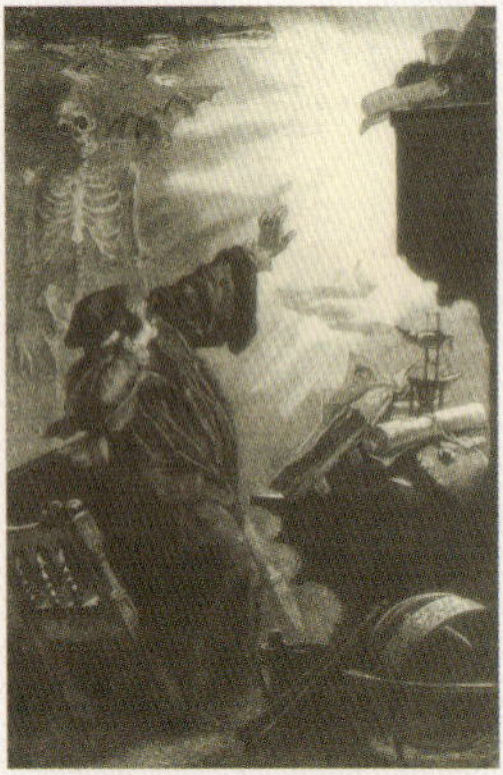
『ファウスト』の冒頭、老ファウストが地霊《ちれい》を呼び出す場面。

◎晩年～魂の遍歴の終わり

シラーの死以降、ゲーテの周りの人々が次々に世を去っていきます。一八〇七年にはヴァイマルの公母アマリアが、翌年にはゲーテの実母が亡くなりました。母は、親友シラーでさえ冷淡《れいたん》に扱った妻クリスティアーネを、身分に関係なく愛してくれた存在でした。そして一八一六年にはとうとうクリスティアーネが没します。死の影におびえるゲーテは、苦しむ妻の看病もろくにできず、その死去の際には「私を置いていかないでくれ」と号泣したといわれています。

近しい人々を失いながらも、六十歳代以降のゲーテは数々の大作を書き上げていきます。一八一一年には若き日の自伝『詩と真実』全四部を、一八一六年には『イタリア紀行』を刊行。このころはヴァイマルの劇場運営やイエナ大学の整備にも取り組んでいます。一八二一年、七十二歳にして『ヴィルヘルム・マイスターの遍歴《へんれき》時代』を完成させます。そして死の前年の一八三一年、遂《つい》に大作『ファウスト』の第二部を書き上げたのです。

1828年頃のゲーテ。

一八三二年三月二二日、ゲーテは、「もっと光を」とつぶやいて息を引き取りました。生涯をかけて文学・科学・芸術・哲学のすべてを探求し、書き、行為した巨人・ゲーテ。その遺産は後世に多大な影響を与え、今なお豊かな知と感性の泉であり続けています。

〈読んでみよう—『ファウスト』〉

ファウスト博士は15～16世紀に実在した錬金術師です。幼少時からこの人物に興味を持っていたゲーテは20歳頃に執筆に着手。第一部を57歳、第二部を82歳で書き上げました。

『ファウスト』はすべて韻文で書かれた戯曲

リズムのよい、歌うような韻文体で書かれており、ほぼ全行の終わりの音が2行ごとに揃っています（=脚韻）。

第一部 あらすじ

学問に絶望したファウストは、悪魔メフィストフェレスと、「すべての経験」を得ることと引き換えに自分の魂を捧げる約束を交わす。

若返ったファウストはグレートヒェンに恋をする。だが彼女の兄を殺してしまう。彼女はファウストの子を産むが、錯乱して子を殺し、投獄される。

心の清いグレートヒェンは悪魔と逃げることを拒み、処刑される。天から「救われた」という声が響く。

19世紀の画家ドラクロワによる『ファウスト』版画。

第二部 あらすじ

皇帝に仕えるファウスト。女神ヘレナに恋するが失敗し、人造人間とともにギリシャ神話の世界へ。ついにヘレナと結ばれるが、やがて彼女は消える。

戦争・政治への参画・思わぬ殺人・失明。すべてを経験したファウストは「時よ止まれ、汝は美しい」と生を讃える。息絶えたファウストの魂をグレートヒェンの魂が救う。

ゲーテ年表

ゲーテの履歴／世界の情勢・日本の情勢

西暦	年齢	ゲーテの履歴	世界の情勢　**日本の情勢**
一七四九		八月二十八日、フランクフルトに生まれる。	**寛延二年、江戸幕府が定免法施行。**
一七五〇	一	妹コルネーリア生まれる。	
一七五二	三	幼稚園に通う（〜一七五五年）。	
一七五五	六	家の改築。その間だけ公立学校に通う。	十一月一日リスボン大地震。
一七五六	七	ギリシャ語・ラテン語を学ぶ。	七年戦争始まる。
一七五七	八	祖父母に詩を贈る（現存する最初の作品）。	**杉田玄白、洋医学を唱える。**
一七五九	十	フランス軍長官トラン伯、ゲーテ家に宿営。	フランス軍、フランクフルト占領。
一七六三	十四	グレートヒェンとの初恋。	七年戦争終結、パリ条約締結。
一七六五	十六	法律を学ぶためライプツィヒ大学に入学。	イギリスのワット、蒸気機関を改良。
一七六六	十七	ケートヒェンとの恋愛。	
一七六八	十九	七月末に喀血、九月に帰郷する。	**上田秋成『雨月物語』**
一七七〇	二十一	四月〜シュトラスブルク大学に学ぶ。 十月〜フリーデリケとの恋愛。	東インド会社解散。
一七七一	二十二	法学得業士の資格を得て帰郷。 『野ばら』『五月の歌』などを書く。	ロシア、クリミア半島占領。
一七七二	二十三	ヴェッツラーで法律の研修。 シャルロッテ・ブッフへの恋。	**安永元年、江戸大火。**
一七七三	二十四	『ゲッツ・フォン・ベルリヒンゲン』を匿名で出版。話題になり一躍有名に。	

一七七四	二十五	『若きヴェルテルの悩み』刊行。	**杉田玄白ら、『解体新書』出版。**
一七七五	二十六	リリーと四月に婚約、秋に解消。アウグスト公の招聘でヴァイマルへ。	アメリカ独立戦争。
一七七六	二十七	シュタイン夫人との親交始まる。ヘルダー招聘。イルメナウへ鉱山調査。	アメリカ十三州独立宣言。**平賀源内、エレキテルを完成。**
一七七七	二十八	妹コルネーリア死去。	
一七七九	三十	『タウリスのイフィゲーニエ』脱稿。	**平賀源内獄死。**
一七八〇	三十一	スイス旅行により自然科学への関心。	オーストリアのマリア・テレジア死去。
一七八二	三十三	貴族の称号を得る。父ヨハン・カスパル死去。	**天明の大飢饉始まる。**
一七八三	三十四	詩作『イルメナウ』『神性』『ミニヨン』	**日本各地で一揆。**メッシーナ大地震。
一七八四	三十五	イルメナウ鉱山を再開させる。	**奥羽地方の飢饉で十万人死ぬ。**
一七八五	三十六	岩石成層と植物学の研究。	ドイツ諸侯連盟結成。
一七八六	三十七	九月、カールスバートから突然イタリアへ。	**最上徳内、千島を探検。**
一七八七	三十八	イタリア遍歴。『エグモント』完成。	**天明の打ちこわし。寛政の改革。**
一七八八	三十九	アウグスト公との関係を修復し、ヴァイマルに帰着。クリスティアーネと出会う。	オーストリア、トルコに宣戦。
一七八九	四十	十二月、長男アウグスト誕生。『タッソー』を書く。	七月、フランス革命起こる。人権宣言。ワシントン、アメリカ初代大統領になる。
一七九〇	四十一	『植物変態論試論』『動物の形態についての試論』完成。解剖学に取り組む。	プロイセン、ポーランドと同盟。**寛政異学の禁。**

西暦	年齢	ゲーテの履歴	世界の情勢　日本の情勢
一七九一	四十二	新設の宮廷劇場監督に就任。『エグモント』初演。喜劇『大コフタ』を書く。	朝鮮では洋書禁止令、焚書が行われる。**最上徳内ら択捉島視察。**
一七九二	四十三	八月、フランス出兵に参加。九月、ヴェルダン陥落のため退却。フランクフルトからの市政参加要請を断る。『新著作集』刊行。	プロイセン・オーストリア間で対仏同盟。七月、プロイセンがオーストリア・フランス戦に参戦。**ロシア使節、根室に来航。**
一七九三	四十四	五月、マインツ戦に参加。七月、休戦成立。その間も『ライネケ狐』『色彩論』を執筆。	フランス王ルイ十六世に続き王妃アントワネットも処刑。
一七九四	四十五	七月、自然科学研究会の帰途よりシラーと固い友情が成立。	
一七九六	四十七	六月、『ヴィルヘルム・マイスターの修行時代』脱稿。シラーと共同詩『クセーニエ』。鉱山の公務多忙となる。	ナポレオンのイタリア遠征。ジェンナー、種痘法を始める。
一七九八	四十九	『植物の変態』刊行。『色彩論』に没頭。	ナポレオンのエジプト遠征。
一七九九	五十	ニュートン光学を研究。	
一八〇一	五十二	一月、顔面丹毒で一時重態となる。	**国学者本居宣長死去。**
		『ファウスト第一部』執筆。	
一八〇四	五十五	『ゲッツ・フォン・ベルリヒンゲン』改作。	ナポレオン皇帝即位。オーストリア帝国成立。
一八〇五	五十六	一～五月、腎臓疝痛。五月、シラー死去。	**長崎来航のロシア使節に対し通商拒絶。**

一八〇六	五十七	『ファウスト第一部』脱稿。十月、クリスティアーネと正式に結婚。	神聖ローマ帝国滅亡。ナポレオン、ベルリン布告（大陸封鎖令）。
一八〇七	五十八	ベッティーナが来訪。	アンナ・アマーリア公母死去。
一八〇八	五十九	母、死去。ナポレオンに謁見。	**イギリス船フェートン号事件。**
一八一〇	六十一	『色彩論』刊行。自伝『詩と真実』執筆。	ナポレオン、オーストリア皇女と再婚。
一八一五	六十六	マリアンネとの恋。ハーフィズに影響された『西東詩集』などを執筆。	ナポレオン、セントヘレナ島へ流刑。ドイツ連邦結成。
一八一六	六十七	妻クリスティアーネ死去。『イタリア紀行』。	
一八二一	七十二	マリエンバートでウルリーケらと出会う。	**伊能忠敬『大日本沿海輿地全図』完成。**
一八二三	七十四	六月、エッカーマン来訪。ゲーテの希望で滞留し『ゲーテとの対話』を書き始める。	メッテルニヒ体制によるヨーロッパ言論弾圧。**シーボルト来日。**
一八二五	七十六	『ファウスト第二部』『ヴィルヘルム・マイスターの遍歴時代』に再着手。	イギリスで最初の鉄道。ドイツ産業革命。
一八二七	七十八	シラー納骨。棺の鍵をゲーテが保管。	フランス、アルジェリア遠征。
一八二九	八十	『ヴィルヘルム・マイスターの遍歴時代』完成。	ヨーロッパでコレラ大流行。
一八三〇	八十一	長男アウグスト、ローマ旅行中に急死。	パリで七月革命。
一八三一	八十二	『ファウスト第二部』七月に完成、八月に封印。	**周防長門一揆。**
一八三二		三月二十二日午前十一時半に死去。	**鼠小僧次郎吉処刑される。**

CONTENTS

第一章　心をきたえる

第二章　自然と人生を愛する

第三章　強く美しく生きる

第四章　みずからを振り返る

本書の紙面構成

インデックス（見出し）

「自分を生きる」には安住《あんじゅう》と決別を

ゲーテの名言

自分自身のために生きようとする試《こころ》みは、それが成功しようと失敗に終わろうと、常に自然の意志にかなうものなのである。

出典と背景知識

『詩と真実』第二部より――

ライプツィヒの大学への出発を心待ちにしていたゲーテは、「私は自分を産み育ててくれたなつかしい町を、二度と足を踏み入れたくないとでもいうような冷ややかな気持ちで後にした」と書く。「ある時期が来ると、親から、主人から、恩人から、このようにして離れていく」とも。

「自分の心を見つける」エッセイ

ゲーテは名家に生まれ、物と心の両面に恵まれていましたが、父親に法律家になるよう言われ、人生のレールを敷かれたときには強く反発しました。詩や文学こそ自分の使命であると、少年のころから信じていたからです。

文学への熱い思いと、より広く深い知識への欲求にしたがい、彼はためらいなく人生の安定を捨てました。「新しいことをするには、それなりの授業料が必要だ」とゲーテは書いています。慣れ親しんだものと別れる、それも授業料のうち。それを支払ってこそ自分の足で踏み出すことができる。

ゲーテの言葉

第一章　心をきたえる

「自分を生きる」には安住《あんじゅう》と決別を

自分自身のために生きようとする試《こころ》みは、それが成功しようと失敗に終わろうと、常に自然の意志にかなうものなのである。

『詩と真実』第二部より――

ライプツィヒの大学への出発を心待ちにしていたゲーテは、「私は自分を産み育ててくれたなつかしい町を、二度と足を踏み入れたくないとでもいうような冷ややかな気持ちで後にした」と書く。「ある時期が来ると、親から、主人から、恩人から、このようにして離れていく」とも。

ゲーテは名家に生まれ、物と心の両面に恵まれていましたが、父親に法律家になるよう言われ、人生のレールを敷かれたときには強く反発しました。詩や文学こそ自分の使命であると、少年のころから信じていたからです。

文学への熱い思いと、より広く深い知識への欲求にしたがい、彼はためらいなく人生の安定を捨てました。「新しいことをするには、それなりの授業料が必要だ」とゲーテは書いています。慣れ親しんだものと別れる、それも授業料のうち。それを支払ってこそ自分の足で踏み出すことができる。

自分自身のために生きるということは、良心や正義や責任をも引き受けるということです。そのためには、自分が何をしたいのか、それは人間としてする価値のあることなのかと、自分に問いかけることから始めなければなりません。

精神的に自立していないのに「自分を生きること」はできません。自立とは自分の力で立つこと、自分の足を自分の判断で進ませることです。成功も失敗も大した問題ではありません。「自分を生きること」こそが成長のための試練であり、自然の摂理《せつり》である、若きゲーテはそう考え、自立へと踏み出したのです。

自分を動かすのはだれでもない、自分自身だ

自分に命令しないものは、いつになっても、しもべにとどまる。

『穏和《おんわ》なクセーニエ』より——

ゲーテ晩年の箴言《しんげん》（＝教訓、格言）詩の集大成。以前にシラーと共に執筆した、過激な文学批評詩『クセーニエ集』と区別するために、「穏和な」と名づけられた。生前の草稿約四〇〇編と、死後に発見された遺稿約一五〇編からなっている。

ゲーテの生涯を見渡してみると、受け身で決定したことがほとんど見あたりません。年をとってからは、さすがにゲーテに命令する者はいませんでしたが、若いころでさえ、一方的な指示には大変強く反発していたのです。父親を始めとして大学の教授や友人たちは、ゲーテがあまりにも人の忠告を聞き入れないので、いいかげんうんざりしていました。彼自身も、そうやって多くの人々を傷つけ不《ふ》愉快《ゆかい》な思いをさせたと、自伝の中で少々反省しています。

つまり、ゲーテは自分に命令していたのでした。それで他人の声にあまり耳を傾けなかったのでしょう。今の自分の精神に必要なものは何か、学ばなければならないことは何かとまず問いかけ、自分で進むべき方向を決めていたのです。命令する人に必要なのは知識と決断です。ゲーテは自分をよく知り、何を自分に命令すべきかを常にリサーチしていました。その結果、たとえ手痛い失敗をすることはあっても、自分を見失うことは決してありませんでした。

もちろん人の忠告も必要ですが、肝心《かんじん》なところで自分に命令しない人は、一生自分の召使いのまま、ほんとうの自分の人生は生きられないのかもしれません。

自負《じふ》や自慢をするのは自分の居場所が狭いから

自負しすぎない者は、自分で思っている以上の人間である。

『格言と反省』の「経験と人生」より――

ゲーテの自伝には、「自分はどのようにして偉大になったか」「どのくらい先見の明があったか」という自慢話はまったく出てこない。むしろ「自分がいかに愚かであったか」と容赦《ようしゃ》なく書き、老年にあってもなお悩み苦しむ。ここまで彼が自負というもののない人物であったことに、改めて驚かされる。

自負とは、自分の才能や仕事に自信や誇りを持つことです。けれども行き過ぎた自負は、自分が実力以上にえらいと錯覚《さっかく》したり、尊大で人をおとしめる態度につながったりします。なぜそうなってしまうのでしょうか。それは自分の居場所が狭いからです。つまり「井《い》の中の蛙《かわず》、大海《たいかい》を知らず」ということなのです。今この場所よりも広い世界があることを想像もせず、自分が到達するべき位置も低く定めている。目標を高いところに置くことを、みずから止めているのです。

身の回りに自分よりもずっと気高《けだか》く賢い人がいたら、とても恥ずかしくて自慢などできません。また「こうしたい、こうなりたい」とめざすものが、自分の実力をはるかに超えている場合にも、いいかげんなところで自負はできません。

ゲーテにはいつも超えられない目標がありました。というよりも、超えられない目標にこそゲーテはあこがれ、常に今よりももっと広い世界を見すえていたのです。失敗のたびに自分を「愚《おろ》か者」としかりつけ、ときには落ち込みながら、「いつかはあの場所へ」と思い続けました。膨大《ぼうだい》な読書量にもかかわらず、晩年には「まだまだ目標に到達し得ない」と嘆いていたのでした。

「何でもある」は真の豊かさから遠い

豊かさは節度《せつど》の中にだけある。

クリストフ・カイザーにあてた手紙より――

一七八〇年一月二十日付。フィリップ・クリストフ・カイザーはゲーテの長年の友人で作曲家。ヴァイマルの劇場で使用する音楽をカイザーに依頼したが、その出来にゲーテは不満で、それ以降は交際が途絶《とだ》えがちになった。ゲーテは生活だけでなく、音楽も節度ある作曲と演奏を好んだ。

ゲーテは一七九六年に刊行した『ヴィルヘルム・マイスターの修行時代』の中でも次のように書いています。

「自分の持っているものを管理することのできる人は裕福です。それを心得なければ物持ちであるということはわずらわしいことです」

節度という言葉が新鮮に感じられるほど、あふれかえる物の中で暮らしている私たちには、ちょっと耳の痛い言葉です。何でもあるのになぜか豊かさを感じることができない、そんな思いを抱《かか》えている人もいるのではないでしょうか。

老子《ろうし》の教えに「知足《ちそく》」というものがあります。足《た》るを知る者は富《と》む、つまり満足することを知っている者は精神的に豊かであるということです。ゲーテの言葉とも共通する、むしろ今の世界にこそ必要な視点です。

ゲーテはシェイクスピアの構成美やモーツァルトの古典音楽を好むように、自分の文学や芸術にも節度を追究しました。それは疾風怒濤《しっぷうどとう》の文学改革を経て、自由な感情表現をとぎすまし、古典形式主義をみごとな芸術に高めたゲーテだからこそ言えた、真実であったのでしょう。

現実の一歩は、夢の中の百歩よりも確かだ

生活を信ぜよ！　それは演説家や書物より、よりよく教えてくれる。

『四季』秋の部より――

春・夏・秋・冬の四部から成る詩集。時間的な順序にそってまとめられたものではなく、それぞれが異なるテーマを持っている。秋の部はゲーテの生きる知恵が集約された格言集のようなものである。ゲーテはこれを「枯れゆく軽い木《こ》の葉」だと控えめに評価しているが。

同じ詩の別の日本語訳も紹介しましょう（高辻知義・訳）。

「誠実な友よ　誰に信頼をおくべきなのか　教えようか――
人生に信をおけ　演説家よりも書物よりも上手に教えてくれる」

困難や壁が道に立ちふさがって、何を、だれを信じていいのかわからなくなったとき、ゲーテは「人生＝生活」を信じろと言います。どんなに考えても読書をしても得られない答えを、生活という現実の経験そのものが、よりよく教えてくれるのです。

考えることは大切ですが、経験を伴わない思索は堂々めぐりにおちいる危険があります。夢の中でいくら歩いても、自分の身体は一歩も前に進んでいない、ただの思索とはそういうものです。現実に足を踏み出すこと、空気の抵抗を押し分け、自分の体重を支える地面の感じを自分の足が知ること、それが経験です。

人の経験の蓄積は膨大《ぼうだい》なものなので、その中にはきっと答えや進む道が示されているはずです。でも、もし見つからなかったら、また一生懸命に生活すればいいのです。解決法は、その新しい生活経験の中から導かれるからです。

不可能に挑むのは人間だからこそ

不可能を欲する人間を私は愛する。

『ファウスト』第二部第二幕より――

ケイローン（半人半馬のケンタウロス族の賢者）の背に乗って時空を旅するファウストが、「ヘレネー（ギリシャ神話の絶世の美女）を手に入れたい」と言ったことに対し、マントー（医術の神アスクレーピオスの娘）が答えて。

『ファウスト』第二部第一幕にも、「不可能だからこそ信ずるに値《あたい》する」という天文博士《はかせ》のせりふがあります。ゲーテは二十代のころから『ファウスト』の構想を練《ね》り始めましたが、第二部を書き上げたのは、八十歳のときです。この事実を考えると、ゲーテが『ファウスト』で描いた魂《たましい》の迷い、不可能に挑戦する人間と、不可能が可能になったときに現れる暗闇《くらやみ》と光は、ゲーテにとって長年のテーマだったと言えるでしょう。

不可能だと言われていることに挑戦するのは勇敢で気高《けだか》い行為です。こうしたチャレンジがあったからこそ、人類の文明は築かれてきたのです。不可能かもしれないと思いながら挑戦し、敗れ去っていった多くの人々の犠牲の上に、私たちは立っていると言うこともできます。

多くの人々にとって、「不可能に挑む」というのはなかなかできることではありません。だからこそ、せめて、そのような挑戦者たちを応援する気持ちだけは持ちたいと思います。「ばかげた試みだ」と言われたことが、すばらしい結果をもたらしたケースは数多くあるのですから。

予測や段取りは天才には必要ない!?

天才が天才としてなすことはすべて無意識になされる。

フリードリヒ・シラーにあてた手紙より――

一八〇一年四月三日。芸術的な創造における意識と無意識の問題について、三月二十七日付の手紙でシラーが問いかけたことへの返事。ゲーテ五十二歳。重い顔面丹毒《がんめんたんどく》（皮膚《ひふ》の炎症）から快復《かいふく》した後だった。この手紙の最後には、五年後に完成する『ファウスト』第一部の進みぐあいなども報告している。

ベートーヴェンの第九交響曲、第四楽章「歓喜《かんき》の歌」のもとになった詩でおなじみのフリードリヒ・フォン・シラーは、ゲーテと並ぶドイツ文学の巨人です。二人は刺激し合い、ときに助け合う親友どうしで、ゲーテはシラーに千通もの手紙を送っています。この手紙は次のように続きます。

「天才的な人間は、ものごとをじっくりと考え、確信を持って知的に行動することもできます。けれどもそれはあまり重要でないこと。……天才は反省と目的を持った行いによってしだいに向上し、ついにはお手本となるような作品を生み出すことができます」

ゲーテは、詩を作るということの背後には「絶対的なもの」が隠《かく》れていると書きます。天才は、よく考えたり確信したりすることからではなく、無意識のうちに、この「絶対的なもの」に後押しされ、反省と目的を持った行いによって向上するというのです。彼はまた、「感覚は欺《あざむ》かない。判断が欺くのだ」とも書きます。つまり、ゲーテの言う天才の無意識とは、ほかに影響もされなければあやつられもしない、純粋な直感と集中力のことなのではないでしょうか。

間違う人ほど愛すべき人

人間の過《あやま》ちこそ人間をほんとうに愛すべきものにする。

『格言と反省』の「経験と人生」より――

「寛大《かんだい》になるには、年をとりさえすればよい。どんな過ちを見ても、自分の犯《おか》しかねなかったものばかりだ」という言葉もある。ゲーテは完璧ではない自分をよく知っていた。そして間違ってばかりの自分を責めながらも、過ちを犯す人間の存在をやさしく見つめていた。

人の過ちを指摘するのは簡単なのに、自分の過ちを認めるのは勇気がいることです。それは常に、自分は正しい、自分は正しくあってほしいと無意識に思っているからです。

ゲーテは自分自身を「熱しやすい性格」だと分析しました。よくも悪くも感情の起伏が激しく、ふきげんなときには周りの人々に八《や》つ当《あ》たりをしたようです。彼はライプツィヒ大学在学中、不健康な生活がたたって重い病気にかかりました。心もからだもボロボロになっていたゲーテを温かくはげましてくれたのは、ゲーテが「自分の不愉快《ふゆかい》な気まぐれゆえに傷つけた」人たちでした。この経験でゲーテは深く反省し、非難する代わりに愛情を注いでくれた友人たちに心から感謝したのでした。このころからゲーテは、自分や他人の過ちを、それでよしとして受け入れられるようになったのでしょう。

過ちを認めてそれを恥ずかしいと思い、正そうとする。その道筋《みちすじ》が人間の幅《はば》を広げます。自分の過ちを知れば、他人の過ちにも思いやりの気持ちが持てる。過ちは、謙虚《けんきょ》さへの扉《とびら》を開く鍵なのだと言えます。

努力も「限界」を知ってこそ報《むく》われる

人間は、彼の制約されない努力が限界を定めないうちは幸福になれない。

『ヴィルヘルム・マイスターの修行時代』第八巻第五章より――

詩人兼俳優として、さまざまな苦難を乗り越えてきたヴィルヘルムの、修行時代の終わりを告げる巻で、彼の成長に大きな影響を与えたヤルノーが言った言葉。この修行には「塔《とう》」という秘密結社が関わるが、これはゲーテ自身が会員だったフリーメイソンのこと。

第八巻は『ヴィルヘルム・マイスターの修行時代』のクライマックスです。さまざまな経験と苦しみを通過してきたヴィルヘルムの前に、運命としか言いようのない、あるシンボルが立ち現れて人間の真実が明らかになったとき、心身の修行は終わり、彼は成長します。その修行を見届けたヤルノーが、自身の成長の時期を悟《さと》らないヴィルヘルムに言います。

「人間は努力精進《しょうじん》、猪突猛進《ちょとつもうしん》、しゃにむに突《つ》っ走《ぱし》っていても、そのあげく我《われ》と我が身の限界を見定めるまでは幸福になれないものです」

ただひたすらがんばる、まだまだと努力を重ねる、それも大切なことだけれども、突っ走っていたらいつ止まればいいのだろう。「ここまで」と自分で限界を決めて立ち止まることで、冷静に自分の立ち位置や周囲を見ることができる。そのときにこそ努力の報《むく》い＝幸福を得ることができるのかもしれません。

ゲーテはこの作品のテーマに関係して、「人間はあらゆる愚行《ぐこう》や混乱にもかかわらず、より高い手に導《みちび》かれて幸福な目標に達する」と述べています。人には限界を定めることも必要なのです。

知らぬものに心を開けば道も開ける

重要なことはどこまでも、見知らぬもの、見知らぬ人に心をふれてみることだ。

アウグスト・フォン・ゲーテにあてた手紙より――

一八三〇年六月二十九日。アウグストはゲーテの長男で、たった一人の成人した子どもである。これはイタリアへ旅立った息子に送られた、父親らしい愛情と激励の手紙。しかしこの後の十月に、アウグストはローマで急逝《きゅうせい》する。

晩年にさしかかったゲーテが、ヴァイマルの自宅で書いた手紙です。かつての自分と同じようにイタリアを旅する息子に、行程《こうてい》をアドバイスし、「遠く離れているのでろくな助言もできないが」と書きながら、「見知らぬもの、見知らぬ人に心をふれよ」と励まします。この続きには次のような言葉もあります。

「まだ見ていない場所に出かけるとともに、もう見た所では落《お》ち穂拾《ぼひろ》いに心がけるがよい。どこに行っても見るべきものはどっさりあるはずだ」

ゲーテは生涯に四十回の大旅行と百四十回の小旅行をしました。「だれも知り合いのいない人混みをかき分けて行くのは、何という孤独か」と言いながら、旅そのものを人生の大きな要素ととらえ、愛していたのです。自分で考え、新しいものや見知らぬ人々に心を開き、ふれあう。そこから得られるものが、書物や日常生活とは次元の違う、限りなく味わいの濃い人生経験だったからでしょう。

ゲーテの分身「ヴィルヘルム・マイスター」は、遍歴《へんれき》時代に、「同じ場所に三日以上は留《とど》まらない」ことをみずからの義務としました。それは旅という移り変わりの中で、より強い自分を確立する方法でもあったのです。

可能性の限界はわからない、だからこそ希望を

何事につけても、希望するのは絶望するのよりよい。可能なものの限界をはかることは、だれにもできないのだから。

『タッソー』二一六四〜五より——
一七八九年夏、四十歳の誕生日を目前に書き上げられた戯曲《ぎきょく》。イタリアの大詩人トルクアート・タッソーがモデル。宮中での、大臣と詩人タッソーの争いが中心に描かれる。この原稿の断片はイタリア旅行にも持って行かれた。ヴァイマルからイタリアへ突然の逃避行《とうひこう》をなしたゲーテの、心の葛藤《かっとう》から出た言葉。

『タッソー』でゲーテが描いたのは、ヴァイマル公国での政治家としての自分と、詩人としての自分の心の葛藤でした。政治家としての功労は形となり成果とされますが、詩人としての活動は現実的でないために軽く見られます。こうして鬱積《うっせき》した気持ちが、実務を重んじる大臣アントーニオとタッソーの対決に表現されています。

ゲーテは、「詩の才能も神からのお情けで得た贈り物にすぎない」と大臣に言わせますが、才能については「自然だけが授けるもの、どんなに骨を折っても手の届かないものだ」と詩人をかばうのです。

自分の道が間違っているかもしれないと思ったとき、自分より正当なものに圧倒されたとき、「限界などわからない、だから絶望より希望を」とゲーテがみずからに言い聞かせた言葉を、私たちも常に心に留めおくべきでしょう。

あきらめること、絶望することは、つらいことですが、難しいことではありません。これに対して、希望を持ち続けることは、困難で苦しくても、そこに一筋の光が差しているのです。

生きることは制約と重荷、その救いは良心的な実行

義務の重荷から我々を解放することができるのは、良心的な実行だけである。

『ヴィルヘルム・マイスターの遍歴《へんれき》時代』第一巻第七章より――

旅の途中で、ヴィルヘルムと息子はユートピア的なお城に迷い込んだ。この領地では、みなが日曜日に静かにみずからをかえりみる時間を持つ。宗教や道徳、経済などの悩みがあれば、話し合いと知恵の出し合いによって解決されるという。これらの説明をした、住人の女性ユリアッテの言葉。

私たちはさまざまな制約を受けて生きています。地域や時間的な制限、生きてゆく上での義務など。最たるものは人の寿命でしょう。だれも永久には生きられない、死期を選ぶこともできない、病気は自分の知らないうちに忍び寄ってくる。そんな人間の逃《のが》れることのできない制約に対して、ゲーテは「宗教と良心」に答えの一端を見つけていました。

「本来の宗教はどこまでも内面的で個人的なもの。宗教はひたすら良心の問題」。『ヴィルヘルム・マイスターの遍歴時代』でゲーテはこう書いています。

生きることは制約や重荷を負うことです。すべての制約を取り去ることはできませんが、重荷は良心に裏づけられた行いによって解決できます。良心がゴーサインを出した行いが、人を救うのです。

では、実行によっても解放されない重荷はどうすればいいのでしょうか。「それは神に任せればよい」とゲーテは書きます。「人事を尽くして天命を待つ」という故事成語《こじせいご》とよく似ています。生きる上でのどうしようもない重荷は、良心による地味で着実な実行によってこそ、解放できるのかもしれません。

いっさいを拒《こば》まれても変わらないのが真実の愛

いつも変わらなくてこそ、ほんとうの愛だ。いっさいを与えられても、いっさいを拒まれても、変わらなくてこそ。

『四季』夏の部より――

「秋の部」が人生訓《くん》のような格言集であるのに対し、「夏の部」は愛や美をテーマにしたものが多い。美については次の有名な詩も収められている。「『なぜ私は移ろいやすいのでしょう、ゼウス様』と美がたずねた。『私は移ろいやすいものだけを、美しくつくったのだよ』と神は答えた」

ゲーテの詩作のみなもとは、女性であったといっても過言ではありません。十代前半の初恋から、八十歳を過ぎる晩年まで、ゲーテは女性に恋をし続けました。現代のように電話もメールもない時代、ゲーテは恋する女性に膨大《ぼうだい》な量の手紙を書き、詩の中でもしばしば名を出して賛美しました。

また、ゲーテは女性の美を、日常の身のこなしや知的な会話の中に見ていたことも知られています。容姿だけでなく、その女性の生きる現実、生命の輝《かがや》きに恋をしていたと言えるでしょう。ゲーテは女性の全人的な美を追い、魂《たましい》のよりどころとしての真の愛を求め続けたのでした。

六十歳で刊行した『親和力』には次のような一節があります。

「愛が完全になるためには、無私無欲にならなければならない」

完全な愛とは、どんな状況でも変わらない無償《むしょう》の愛のこと。『ファウスト』で博士の魂を救ったのは「永遠なる女性的なもの」であり、みずからを捨てた愛でした。「拒まれても変わらず愛する」とは何と難しいことでしょう。真の愛とは、駆《か》け引《ひ》きになりがちな恋愛よりも、むしろ母性愛に近いものなのかもしれません。

経験が、経験に振り回されない人を作っていく

経験とは、人が経験することを望まないことを経験することにほかならない。

『詩と真実』第二部より——

学生時代に仲間だった士官との対話を、回想中で語っている言葉。若い日のゲーテは「経験」ということにこだわり、真剣にその意味を知ろうとした。人生にとって経験とは何か、経験のある人間とそうでない人間は何が違うのか、ゲーテの探求が、数ページにわたって書かれている。

「きみはまだまだ経験がたりないね」「経験のない人にはわからないだろう」。日常生活や仕事の中で、ときどきこんな言葉をかけられることはないでしょうか。「経験がない」ことは、その事柄に関してゼロであるというような全面否定にも聞こえます。若いころのゲーテもそう感じていました。

「もたもたして意地っ張りで、何かするにしてもやり過ぎか少な過ぎで、自分にも他人にもやっかいなことを引き起こした（『詩と真実』）」、そんなゲーテに浴びせられた言葉は、「経験がたりない」というものでした。

なぜたくさんの書物を読み、勉強し、友達と議論し、恋愛をし、日々多くの体験をしているのに「経験が足りない」のでしょう。悩んだゲーテが友人から引き出した答えは、「望まない経験をすることが経験」というものでした。「好きなことばかりやっていたら経験ではない」ということです。

望まないことをしぶしぶながらも自力で乗り越えていく、それが経験です。その積み重ねによって「経験が真の経験になる」。「経験ある人は幸・不幸のいずれにも驚かない人」を作ってゆくという、ゲーテの言葉をよく感じ取りましょう。

心の悩みを癒《いや》すのは、知性よりも「固い決意の活動」

我々が不幸または自分の誤《あやま》りによって陥《おちい》る心の悩みを、知性はまったく癒すことができない。理性にもほとんどできない。時間がかなり癒してくれる。これに引きかえ、固い決意の活動は、一切《いっさい》を癒すことができる。

『ヴィルヘルム・マイスターの遍歴《へんれき》時代』第二巻第十一章より――

ヴィルヘルムが妻ナターリアに書き送った手紙に書かれている。ヴィルヘルムの友人で修行の師でもあったヤルノーが語った言葉。

ヴィルヘルムは、『遍歴時代』の中で、少年のときに友情を誓い合った友人が川で亡くなった思い出を語ります。友人を救う手だてを持たなかったために彼を死なせてしまった、その思いから医師を志したことを語ったときに、友人で師でもあるヤルノーがヴィルヘルムに言います。

「きみはずいぶん長いこと、人間の精神、気質、心等々に関する事柄を相手にしてきたよね。けれども、きみはそれで自分や他人のために何を勝ち得たんだい？」、そして「知性や理性が癒せない心の悩みを、断固たる行為は癒すことができる」、「だからどんな人も自分自身とともに、また自分自身を目ざして活動するべきなのだ」と言います。これは悩みや苦しみを抱えたまま、行動をしようとしなかったヴィルヘルムへの厳しい叱責《しっせき》でした。

悩みや苦しみが大きいほど、人は行動から遠ざかるのではないでしょうか。行動は決断と勇気を必要とします。だから人はためらい、ばく然とした癒しに逃げ込む。けれども、ほんとうの癒しは甘いものではありません。決意の活動という切り立った岩場に勇気を持って登ってこそ、初めて得られるのです。

紙の知識、学問を過信するな

紙から得た知識、または紙に書くための知識は、私はあまり興味がない。学問の中にいかに多くの死んだもの、いかに多くの殺すものがあるかは、みずから真剣にその中に入っていくまでわからない。

『ゲーテ対話録』（ビーダーマン編）より――

一八〇三年、リーマーへの手紙。フリードリヒ・ヴィルヘルム・リーマーは文献学者で著述《ちょじゅつ》家。ゲーテの息子アウグストの家庭教師でもあり、エッカーマンとともにゲーテが遺稿の出版をゆだねた人物。リーマーとは学問の手法に関する対話が多く残された。

現代に生きる私たちは、活字となった学問や情報を過信しがちです。インターネットやテレビといったメディアも同様です。私たちは、「学問」や「マスメディア」という、知識や情報そのものとも思えてしまう言葉の威力に弱いのです。しかし実際には、「死んだものや殺すもの」、つまりニセ物や不要な物がたくさん存在しており、その程度はゲーテの時代よりもさらに深刻です。

ゲーテはどんな書物も学問の権威も、まず疑ってかかり、知識を丸飲みすることはありませんでした。専門分野以外でも、自分で納得するまで調べて真実を読みとろうとしたのです。これは情報や知識の「読み方」、つまり確かなリテラシー（読み書き能力）を持っていたということですね。

イエナに滞在中のゲーテについて、近くにいた人は「仕事の間に、しきりに毛虫を殺したり生き返らせたりしている」と、なかばあきれながら書いています。従来の生物変態論に疑問を持ったゲーテは、実験までして答えを得たのでした。

マスコミの情報操作、形ばかりになってしまった学問、真実の見きわめを怠ける私たちは、ゲーテに喝《かつ》を入れられてしまうかもしれません。

精一杯の行動に、迷いはつきもの

人は努《つと》めている間は迷うものだ。

『ファウスト』プロローグより——

主《しゅ》と天の軍勢、大天使たちとメフィストフェレスによる「天上《てんじょう》の序曲」の中の言葉。ファウストを自分の道に引き入れてみせるというメフィストに主が言う。「あれがこの世に生きている間は、おまえが何をしようと差しつかえない。人間は精《せい》を出している限りは迷うものなのだ」

悪魔メフィストフェレスがファウストのもとに現れたのは、神とメフィストの賭《かけ》が事の始まりでした。神が興味深く見守り、目をかけているファウストの魂《たましい》を獲得《かくとく》するために、メフィストはファウストを若返らせ、さまざまな体験をさせるのです。

あらゆる学問を極《きわ》めたファウストは、さらに好奇心と情熱をかきたてて「真実」を追究します。しかしそこには何と多くの迷いと失敗があることでしょうか。

メフィストは物語の終わり近くで、「しょせん、人間の営《いとな》みなど無に等しい」とあざ笑います。しかし自然の法則に敗《やぶ》れ、死を目前に視力を失ったファウストはこう言うのです。「時よ、とどまれ。おまえはあまりに美しい。この私の生きた地上の日々の生の痕跡《こんせき》は、永劫《えいごう》に消えることはありえないのだ」

ファウストが命をかけて得た答えは、「真実の瞬間は、知識でも支配でも成功でもなく、全力を傾けた〝生〟にこそある」というものでした。

人間はどんなに迷っても、失敗しても、精一杯、行動すればいいのではないでしょうか。「生きること」、それ自体が何よりも美しい真実なのですから。

愛の心は憎しみの心と相容《あいい》れない

ひとりの人を愛する心は、どんな人をも憎むことができません。

『恋人の気まぐれ』第五場より――

ゲーテが十八歳のときの作品。一七六七年から翌年の春にかけて書かれ、後に残された初の戯曲。世慣れて落ち着いた恋人と、純粋であるために多くを求め、嫉妬《しっと》に苦しむ恋人たちの二組が登場する。ライプツィヒ大学時代、ゲーテの嫉妬により別れることになった、ケートヒェンとの恋愛をモデルにしたといわれる。

この小さな戯曲のテーマは「嫉妬」。祭りで踊るのを楽しみに、美しく着飾った村娘アミーネを見て、恋人のエリドンは不愉快《ふゆかい》になります。恋人が他の男性の心をとりこにするに違いない、という嫉妬と不安から、エリドンはアミーネを非難し傷つけますが、それに対してアミーネが言います。

「ひとりを愛している心には、ほかのだれかを憎むことはできません。恋の優しい感情は憎む心と相容れません」

しかしエリドンは独占欲が強く、恋人が自分以外の物を見るだけで、その物も恋人も憎んでしまうのです。愛する人の幸せは自分といっしょにいるときだけであってほしい。ほかの場面では楽しい思いをしてほしくない。そんな嫉妬はアミーネをがんじがらめにし、楽しみを奪うだけでなく、エリドン自身をも不幸にしているのですが、その悪循環《あくじゅんかん》はなかなか断《た》ち切れません。

この心の狭いエリドンは、十八歳のゲーテ、そして若い人たちそのもの。愛しすぎて逆に嫉妬で傷つける。けれども自分が間違っているとわかってようやく、いつまでも憎む心を持たない、恋人の愛の深さと優しさを知るのでしょう。

弱い人間だからこそ、波にあらがい舵《かじ》を取れ

こわれやすい小舟に乗った人間に舵が与えられているのは、波のままに流されないよう、自分自身が考えて思う方向に進むためだ。

ゲオルク・ハインリヒ・ルートヴィヒ・ニコローヴィウスにあてた手紙より——

一八二五年十一月。ニコローヴィウスは法律家でベルリンの枢密《すうみつ》上級行政官。ゲーテの姪《めい》（妹の娘）の結婚相手であった。この手紙は発送されず、ゲーテの死後に公開された。

これを書いたとき、ゲーテは七十六歳。『ファウスト』第二部や『ヴィルヘルム・マイスターの遍歴時代《へんれきじだい》』といった大作に再び取り組みだした時期です。

この書簡の冒頭では、「時流とともに流される人の多いのが最大の気がかり」と、また「どうしたら若者はだれもがやっていること、正しいと要求されることが実は有害であると、ひとりの力で考えるようになれるだろうか」と書いています。年をとれば、ともすると「人の言うことを聞け、世間に従え」などと言いがちなのに、ゲーテは逆に「流されるな、独力で流れに抵抗しろ」と言うのです。

ゲーテは「私の人生は闘《たたか》いだった」と回想しています。裕福な家に生まれ、才能と人に恵まれ、若いころから名声を手にしたゲーテは、いったい何と闘い続けたのでしょうか。学問の壁、政治上の問題、執筆や研究上の迷いもあったでしょう。しかし何よりも、ゲーテは自分自身が持つ人間の弱さと闘ってきたのです。

まるで大波にあうように、名声に押し流されてしまう人もいるでしょう。これも人間の弱さです。真に生きるということは、どんなにつらくても、自分の手で舵をとり続けるということではないでしょうか。

限りある命が持つ最高の自由とは

息をし始めてから息を引き取るまで、私たちは外的には限られた身。けれども最高の自由が残されている。

モーリッツ・パウル・フォン・ブリュールにあてた手紙より――

一八二八年十月二十三日。ブリュールは演劇家で一七九九年から二年間、ヴァイマルに滞在した。のちにベルリン王立劇場の総監督となった。この手紙でゲーテは、人々が生きている間だけではなく、そのずっと後の人々の安全まで考えること、人のつながりを意識する重要性について書いている。

ゲーテがしばしば言及《げんきゅう》した「自由」とは、好き勝手やわがまま放題のことではありません。不安や喜び、悲しみなどを受け入れ味わい、もてあそばれてもなお、自分を高めて生きていこうとする意志、それを自由というのです。

彼はこの書簡の中で「自分の状況につながりを与えようと努《つと》めることによってのみ人間であることができる」、だから「ずっと先の人々のことまで考えないのならば虫けらに等しい」とも言っています。この考えは仏教の「すべてのものはつながり、関係し合っている」という「縁起《えんぎ》」の思想と同じ。現代の環境破壊や国際紛争を予見しているかのようです。

ほかの書簡では「人間性が最後に勝利するのは真実だと思うが、同時に恐れるのは、世界が巨大な病院になって互いに人道的な看護人になってしまわないかということ」とも書いています。人は様々な感情と向き合い苦しみ、危機はみずからの知力で乗り越える努力をするべきではないでしょうか。それを人任せにする管理社会や、心の葛藤《かっとう》までも看護してしまう過保護社会は、かぎりある命が持つ最高の自由を抹殺《まっさつ》してしまう……現代に生きる私たちが噛《か》みしめるべき言葉です。

コラム 1

ゲーテの性格大分析

ゲーテの作品や業績は多く紹介されていても、意外にその人間像は知られていません。ゲーテが六十代で書いた自伝『詩と真実』やゲーテの分身ともいえる『ヴィルヘルム・マイスター』、また多くの人々と交わした書簡《しょかん》などにゲーテの性格を知る手がかりがちりばめられています。

まずは視覚人間であること。何よりも自分にとっては視覚が大切だと書き、まばゆい陽光、美しい自然の色彩、絵画や美術品を愛しました。生涯、女性に恋し続け、八十歳になっても少女への愛が詩を生みました。激しやすく直情型で躁《そう》うつ状態になりやすい。開放的で人間好き。集中力と粘《ねば》り強さを持ち批判精神が旺盛《おうせい》。常に自己を高めようと努力し、失敗しては反省する。女性には特によく謝《あやま》る。自由を求め、定住や束縛《そくばく》を嫌う。親しい人の死姿《しにすがた》を見ることを異常に怖れる。

決して人格者ではなかったゲーテ。だからこそ人間の精神を深く、またユーモラスにも描くことができたのでしょう。

若き日のゲーテ

第二章 自然と人生を愛する

目標が揺《ゆ》らいでもそれを見失わないこと

灯台《とうだい》の光がときどき場所を変えるように見えたとしても、私はその光をしっかりと見ていよう。そうすれば最後には無事に岸に着くことができるだろう。

『イタリア紀行』より――
一七八七年二月二十一日の記事。ゲーテは、大きな力に翻弄《ほんろう》されて、自分がどこにいるのかわからなくなるのも無理はないと書く。続けて、夜、海上で暴風雨におそわれた船頭《せんどう》の話を紹介した後に、この言葉を記している。

目標に向かう気持ちがぐらつくのはよくあることです。自分の目標とは違《ちが》う方向に向かっているのを感じながら、どうすることもできない。そんなもどかしさからイライラしたり、やる気をなくしたりすることもあります。

荒れた海で激しい波に揺れる船から見ると、灯台の光はあちらこちらに動いているように見えますが、それは、灯台が動いているのではなく、自分が揺れ動いているのです。自分が揺れ動いているから、めざすべき目標が揺れ動いているように見えるだけなのです。そんなとき、その揺れ動く目標を信じて、それに向かって進んでいくのは勇気のいることです。

人間は弱い存在ですから、自信が揺らぐと、自分の進んでいる道が正しいのかどうかわからなくなることがあります。でも、目標さえ見失わなければ、いつかはそこにたどり着ける、と信じなければいけません。遠くに見える光をしっかり見すえながら、自分の周囲も見回して、そこにあるちょっとした喜びを感じることのできる柔《やわ》らかい心を持ち続けること。そうしているうちに、遠くの光はゆらゆらと揺れながら、ちょっとずつあなたのほうに近づいてくるものなのです。

思い違《ちが》いによる自己満足

数人の人たちがそれぞれ満足している場合には、彼らが思い違いをしているのは間違《まちが》いない。

『格言と反省』の「経験と人生」より――

右の文は前後の項目からは独立していて、これだけで完結している。一人ひとりの思いや求めるものはそれぞれ異《こと》なるはずだから、そんな人たちが何人か集まって、それぞれに満足しているということなどありえない。そんなときは、だれか、あるいはみんなが勝手な思い込みで満足しているということなのだろう。

何人かの人が集まって話をしている場面を想像してみてください。その場の人たちがみんな、満足しているということがありえるでしょうか。もちろん、満足そうに見えるだけで、実際には不満を持っているのかもしれません。でも、そうではなく、ほんとうに満足しているとしたらどうでしょう。そんなことがほんとうにあるのでしょうか。

人間の利害《りがい》は対立することが多いですから、その場にいる人たちの間でも利害が対立しているケースがあります。それにもかかわらず、みんなが満足しているということは、その人たちがそれぞれに誤解《ごかい》しているとも考えられます。人間は自分に都合《つごう》のよいように考えがちですから、それぞれが、「自分は得《とく》をした」「自分は目的を達した」と勝手に思い込んでいるのかもしれません。

第三者から見れば、愚《おろ》かに見えるかもしれませんが、当人が満足しているのですから、それでいいのだという考え方もあるでしょう。でも、そうした満足には、何か空《むな》しいものを感じます。自己満足でもよしとするか、自己満足では終わらせたくないか。そこに一人ひとりの生き方の違いが現れるのです。

愛すべき存在

人間を愛すべき存在にしているのは、その過《あやま》ちや迷いである。

『格言と反省』の「経験と人生」より――

右の文はこれだけで独立しているが、ゲーテは同じ章で「欠点を見抜《みぬ》くことができるのは愛情のない者だけだ」とも書いている。しかし、自分の愛する相手に過ちや迷いがあったとしても、愛情を持って相手を見ている人間には、それが欠点だとは思えない、ということだと理解すれば、前に書かれたことと必ずしも矛盾《むじゅん》しているとは言えないだろう。

過ちを犯《おか》さない人間はいません。英雄や偉人《いじん》、さらには聖人と呼ばれる人の人生も、過ちと無縁ではありません。ましてごく普通《ふつう》に生きている人たちが何の過ちも犯さないということはありえません。「人間とは過ちを犯す動物だ」とも言えそうです。過ちを犯すのが普通なわけですから、もし過ちをまったく犯すことのない人間がいたとしたら、かなり不気味《ぶきみ》な存在であることでしょう。

私たちは日々ちょっとした過ちを犯しますが、そうした過ちを犯すところに、「人間らしさ」が現れているとも言えるのです。ふだんはほとんどミスをしない人がちょっとしたミスを犯したとき、何かホッとするものを感じた経験のある人もいるでしょう。そこには「この人も人間だったんだな」というすなおな気持ちが働いているのです。

自分のミスを棚《たな》にあげて、「人間だからミスをするのは当たり前だ」と開き直る人に好感を持つことは難しいですが、実はそんな人も、ミスをした自分を恥《は》ずかしいと思っていて、それを隠《かく》すためにそんな態度をとっているのかもしれません。そうだとしたら、そんな人はけっこう愛すべき存在なのかもしれません。

孤立《こりつ》した美しいもの

美しいものは、世界のなかで孤立していることがあるものだ。

『格言と反省』の「芸術と芸術家」より――

「しかし、いろいろな結びつきを見つけ、それによって芸術作品を生み出すのは精神だ」と、ゲーテは続けている。世界に孤立して存在しているものは、どんなに美しいものであっても、それだけでは「芸術」にはならないのである。そうした孤立したものを結びつけ、芸術にまで高めるためには、芸術家の優《すぐ》れた精神の力が必要なのだ。

私たちのまわりを注意深く観察《かんさつ》すれば、そこに「美しいもの」はいくらでもあります。小さな野の花を見るとき、それを「美しい」と思う人は多いはずです。朝日も夕日も、夜空の星や月も美しいものです。海も山も美しい。また、街中《まちなか》で見かけるちょっとした光景や人々のしぐさに「美」を見《み》いだすこともあるでしょう。

でも、そうした「美しさ」は孤立したものであり、一瞬の感動を残して通り過ぎてしまいます。そしてそれだけではもちろん「芸術」にはなりません。

こうしてバラバラに存在している「美」の中に何らかのつながりを見つけ、それを結びつければ、「芸術」とまではいかなくても、その美しさを際立《きわだ》たせることができるかもしれません。野に咲く花には自然の美しさがありますが、それを家にある花びんに活《い》けるとき、その活けられた花は芸術に近づくのではないでしょうか。

毎日の生活で、こうした「美」を見つけ、それらを組み合わせると、私たちの生活は、思いのほか「美しい」ものとなるに違《ちが》いありません。

歴史上の人物との相性《あいしょう》

歴史をさかのぼってみると、どんなところにも、一緒《いっしょ》にうまくやっていけそうな人が見つかるが、その一方で、きっとけんかをしてしまうだろうと思われる人もいる。

『格言と反省』の「社会と歴史」より――

歴史上の人物を自分に引き寄せて考察《こうさつ》したもの。歴史上の有名な人物については、その行動や性格に関することを多くの史料から知ることができる。そうした文書からは、彼らの人となりが、まざまざと浮《う》かんできて、つい自分との相性を考えさせられてしまう。

それほど歴史好きではなくても、歴史上の人物の中に、一人くらいはお気に入りがいることでしょう。同様に、どうしても好きになれない人物も。多くの人に絶大《ぜつだい》な人気のある歴史上の人物でも、自分にはどうしても好きになれないという場合があります。逆に、あまり人気のない人物でも、自分はこの人がいちばん好きだということもあります。

自分の性格や行動の仕方《しかた》とまったく合わないように思える人物とは、うまくやっていけないと感じるでしょうし、自分と似ている人とは、うまくやっていけそうな気がするものです。

偉人《いじん》たちの伝記を読んでいると、その性格などが、さまざまなエピソードを通して語られていることが多いですが、そうした記述が、はたしてどこまで信用できるかはわかりません。でも、歴史上の人物を自分に引きつけて考えることで、彼らが身近な存在になるのは確かです。そんなふうにして歴史上の人物についてあれこれ考えながら、歴史に思いをめぐらすのも、人生の楽しみ方の一つではないでしょうか。

透明《とうめい》な部分と不透明な全体

一つひとつの部分が透明でも、全体が透明にはならない。

『色彩論《しきさい》』第三部教示編より――

ゲーテは、「透明なもの」にすぐ接した段階にあるのが「純粋《じゅんすい》な曇《くも》り」であり、「白」は「純粋な曇り」の完成されたものだと述べた後で、雪の結晶《けっしょう》を例にあげ、右のように述べている。純粋な水は透明だが、それが結晶して雪になると白く見えるということである。

全体を構成している個々の部分は透明なのに、それが集まってできあがっている全体は不透明だ、ということがときどきあります。たいていの「もの」は、さまざまなものが一体となって、一つの「もの」の形を作っています。その「全体」の持つ性質と、個々の「部分」の持つ性質が異《こと》なることが多いからです。

たとえば、人間の体は細胞《さいぼう》によってできていますが、個々の細胞が持っている性質と、細胞の集合体である人間が持っている性質とは大きく異なる、ということを考えてみるとよいと思います。

一般に、透明なものは美しく感じられます。「曇りのない心」などと言うときには、透明であることに価値を見いだしているわけです。しかし、何でも透明であればよいというものではありません。

もし、人間の世界がすべて透明で、他人の心の中もすべて見通せてしまったとしたらどうでしょう。おそらく、私たちは生きていく気力さえなくしてしまうと思います。もちろん、にごった心がよいわけではありませんが、人の心をあれこれと推《お》し量《はか》るのも、人生のおもしろさと言えるのではないでしょうか。

自然を前にした人間

自然の前に一人の男として立ったら、人間であることは、生きがいがあることだろう。

『ファウスト』第二部第五幕の「真夜中」より――

ファウスト博士《はかせ》は悪魔メフィストフェレスの力で欲望を次々と満たし、今や広大な領地を手に入れて、りっぱな宮殿に住んでいる。しかし、自分の領地で自分の意に反したことが行われているのを知り、悪魔の力を借りたことを後悔している。この言葉には、手段を選ばずに自分の欲望を満たし続けた人間の、空《むな》しさと嘆《なげ》きが感じられる。

私たち人間が、もし自分のからだ一つで自然に相対《あいたい》したら、「自分は何てちっぽけな存在なんだろう」と感じることでしょう。

たとえば、たった一人で大海《たいかい》を泳ぐ人や、けわしい岩壁《がんぺき》を登ろうとするクライマーは、自然の力を文字通り肌《はだ》で感じると思います。しかし、現代の普通《ふつう》の人々は、人類が知恵のかぎりをつくして作り出した、さまざまなもので身を固めているため、間に何の道具も介《かい》することなく、ありのままの自然と直接触《ふ》れあうことが少なくなりました。

エアコンが整《ととの》い、人工の照明に照らされた室内で、一日中過ごしている人もめずらしくありません。そんな生活をしていると、自然の脅威《きょうい》も自然のありがたさもほとんど感じなくなってしまうのではないでしょうか。

だから、ときどきは、海や野山に出かけて自然の風に吹かれ、大地のにおい、草木のにおい、海のにおいをいっぱいに吸い込むのは大切なことなのです。自然のすばらしさは、ちょっと外に出るだけで感じることができます。それは私たちの心をいやし、ざらついた神経を穏《おだ》やかにしてくれるはずです。

自然は過《あやま》ちを気にしない

自然は過ちを気にしない。自然自身は、どういう結果が生《しょう》じるかに関係なく、ただ永久に過つことなく行動するだけだ。

『格言と反省』の「神と自然」より――

直前には「物事の関係はすべて真《しん》である。過ちは人間だけに存在する」と述べられていて、自然はただあるがままに存在するのだから、そこに「過ち」が生まれる余地《よち》はないと、ゲーテは言っていることになる。自然科学者らしい考え方の一面がうかがえる。

「自然」という言葉から私たちが思い浮《う》かべるものの中に、人間は含まれていないことが多いように思われます。ゲーテは、植物や動物、鉱物《こうぶつ》などを研究した自然科学者でもあったので、人間とは異《こと》なる存在としての「自然」のあり方について、いろいろと思うところがあったのでしょう。

自然界に起こる「変動」や「運動」は、自然の意思に基づいて起こるわけではありません。何か大きな変動があっても、単にそうなることに決まっているからなったのであって、それが過ちかどうかを考えるのは人間だけです。

雄大《ゆうだい》な自然を前にすると、ついつい自分のあり方を思ってしまいます。人間界のめんどうな約束事などがない自然の世界を、うらやましくも思います。

でも自然には、心（精神）がありません。人間はくやしい思いもいやな思いもしますが、それも心があればこそ。心がなければ、一見したところ物事に動じないように見えても、自然には、自分が泰然《たいぜん》としているかどうかすらわからないのです。悲しんだり怒ったり喜んだりする「心」を抱《かか》えて生きていくのが、人間なのです。

過去で生き、過去で亡《ほろ》びる

私たちはみな、過去を食って生き、過去がもとで亡ぶ。

『格言と反省』の「社会と歴史」より――

この章では、主《おも》に社会や政治やドイツ人について述べている。人類の歴史を振り返れば、さまざまな民族が過去の遺産《いさん》によって生き、過去に犯《おか》した過《あやま》ちによって滅びてきたことは確かである。ここには、ゲーテの政治家としての一面も表れているのではないか。

過去の積み重ねがなかったら、現代の人間の生き方は、まったく違《ちが》ったものになっていたでしょう。もし、過去の人類が築《きず》きあげたものを、後に続く世代が受け継《つ》ぐことができなかったとしたら、人類の「進歩」はありませんでした。そういう意味で、私たちの生活は、過去の遺産の上に成り立っていると言えます。

一方、人類が過去に生み出したもののすべてが、人類に恵《めぐ》みをもたらすものではありません。核兵器はもちろんですが、さまざまな化学物質が人類に与える影《えい》響《きょう》には、よくわからないところがあり、人類の未来《みらい》に不気味《ぶきみ》な影を落としています。

このように、過去の遺産の中には、負《ふ》の遺産もあるのです。これをどう処理していくかが、人類の課題の一つです。「人類」などというと、日常から離れたような感じがしますが、私たちの毎日の生活が、地球の環境を悪化《あっか》させ続けていることを思えば、一人ひとりの生活のあり方が、人類の未来を左右するとも言えるのです。地球環境そのもののため、あるいは人類の生存のために、私たちは、人類の過去・現在・未来を、しっかりと見すえて生きていかなければなりません。

瞬間よ、止まれ

私は自由な土地で、自由な人々とともに生きたい。そういう瞬間に向かって私は「止まれ、お前はあまりにも美しい」と呼びかけたい。

『ファウスト』第二部第五幕より――

『ファウスト』第一部「書斎《しょさい》」の場でファウストは、自分がある瞬間に向かって「止まれ、お前はあまりにも美しい」と言ったら自分は死に、その魂《たましい》は悪魔メフィストフェレスのものになるという約束をしていた。右がその約束の言葉なのだが、ファウストがそのように言って倒れると、天使たちが空から舞い降り、彼を天《てん》上《じょう》へと連れて行った。

生きている間には、ときに美しい瞬間との出会いというものがあります。そんなとき、人情としては「この瞬間がいつまでも続いたら」と願いたくもなります。でも落ち着いて考えれば、それがそんなにも美しくすばらしいのは、それが一瞬のことだからではないでしょうか。ほんの一瞬の輝《かがや》きだからこそ美しい、ということが確かにあるものです。

よく言われることですが、花は散るからこそ美しく、形あるものはやがて崩《くず》れゆくからこそ美しい。いつまでも変わらず美しいものがあることを否定はできませんが、そうしたものは、その見え方に変化があるように思われます。傑作《けっさく》と言われる絵画は、見るたびに違《ちが》った魅力を放《はな》ちます。遠くの美しい山は、いつも同じような姿に見えるわけではありません。そのように移りゆくものだからこそ、一瞬の美しさが、より貴重なものとなるのではないでしょうか。

毎日の生活で出会うさまざまな場面も、みんな一瞬のうちに過ぎていきます。そんな一瞬の中に美しいシーンを見つけることができれば、私たちの人生は、きっとすばらしいものになるはずです。

魂《たましい》の完全な自由

人間が過去に作ったものをもっとも的確《てきかく》にとらえるには、まず魂が完全に自由でなければならない。

『イタリア紀行』より――

一七八六年十二月二十五日の記事。ローマに着いてから二か月近くたち、すでに一度鑑賞《かんしょう》した美術品を再び見ることになったゲーテは、最初に見たときに感じた感嘆《かんたん》が共感となり、ものの価値に対して、より純粋《じゅんすい》な感情が生まれてきたと述べている。その後に続くのが右の言葉。この日、いくつかの大理石の彫像《ちょうぞう》を見たゲーテは、その不思議な魅力に強くひきつけられた。

私たちのものの見方は、私たちの生きている時代、社会、文化に、かなりの影響を受けています。そのために、過去に作られたものに接するとき、それを理解できなかったり、誤解したりするのです。もちろん、現代の視点から過去を解釈することも大切ですが、それが作られた時代の人々の考え方や価値観がわからないと、それが作られた目的さえもわからないことがあります。

自分自身の考えや価値観から脱《だつ》するのは簡単なことではありませんが、それを作った時代とその時代に生きた人々の心に近づこうと努《つと》めることは大切でしょう。

考古学の世界では、何のために作られたのかわからない発掘品が、たくさんあるようです。たとえば、ピラミッドの建造目的についてはいろいろな説がありますし、巨石文明《きょせきぶんめい》と言われる巨大な石の遺跡《いせき》や、ナスカの地上絵なども、それが作られた目的ははっきりしません。

そうした古代のものでなくても、文化の異《こと》なる人々が作ったものを理解するためには、私たちの心をしばる「常識」という名の偏見《へんけん》から、自由にならなければなりません。

愛の対象

自分と似たものを愛し求める人もいれば、自分と反対なものを愛し、これを追求する人もいる。

『格言と反省』の「経験と人生」より――

この後に、だれかと一緒《いっしょ》に暮らすということに関する記述が続くが、そこには「人間は自分の同類としか一緒に暮らせないが、これにも限界がある。なぜなら、人間にとっては、だれかが自分と同じだということは、時がたつにつれて耐えられなくなるからだ」とあり、右の文と考え合わせると興味深い。

人間には、自分と似ているものを求める性質と、自分とは反対のものを求める性質とがあります。似ているものを求めるのは、性格や才能や価値観が似ている人間が親しくなるというような場合に多く見られ、「似た者どうし」で友人になったり、恋人になったり、夫婦《ふうふ》になったりしている人をよく見かけます。

一方、自分とは正反対の性質の人を愛する場合は、自分の持っていないものにあこがれることが多いようです。たとえば、自分には大胆《だいたん》さや決断力が欠けていると思っている人は、そうしたものを持っている人に強くひかれ、あこがれを抱《いだ》いたりします。ただ、うらやましいという思いが強く働くと、やきもちにつながることがあります。愛情にしろ、やきもちにしろ、こうした場合、その感情は激しいものになりがちで、愛情の場合には、相手へのあこがれが消えたときに破局が訪れる、ということも少なくありません。

似た者どうしの関係では、自分のいやな面まで相手が持っていてうんざりさせられるということがあります。愛情を長続きさせるには、相手の持っているものをできるだけ受け入れるのが、いちばんよいのではないでしょうか。

無《む》知《ち》な正直者の鋭《するど》い目

無知な正直者が、しばしば、たくみなペテン師の悪事を見抜《みぬ》く。

『格言と反省』の「経験と人生」より――

右の引用は独立した文だが、前後には「誠実であること」「愚者《ぐしゃ》」「利口《りこう》な人たち」などに関する記述が並んでいる。日常社会にありがちなことがらに対する、ウィットに富《と》んだたくみな文章が多く、『格言と反省』という名にもっともふさわしい章である。

子どもは、大人のウソを鋭く見抜いてしまったりします。もちろん、そうは言ってもそこは子どもですので、簡単にだまされてしまうことのほうが多いでしょうが、あなたにも、子どもだからと油断《ゆだん》していて、ずばりウソを見抜かれてしまった経験はありませんか。

それと同じように、知識のない人が、何かのインチキを鋭く見抜くということがあります。知識がないのが幸《さいわ》いして、雑念がなく、自分の目で見て、自分が感じたままに判断できる、ということなのかもしれません。もちろん、これは無知な「正直者」の場合です。

昔からたとえ話では、ずる賢《がしこ》い人や欲深い人が、最後にはひどい目にあうことになっていますが、これは、「お話」の中だけのこととはかぎりません。「無知で不正直な者」や「知識のある不正直な者」が、欲を出しすぎて大きな損害を受けてしまうというのは、日常よく耳にするところです。

正直であること、欲を出さないこと。これが身を滅ぼさないための最良の方法なのです。

過去を知り、現在を知る

過去を知らないで現在を知ることはできない。

『イタリア紀行』より――

一七八七年一月二十五日の記事。ローマに滞在中のゲーテは、自分がローマに滞在する理由を説明するのがますます困難になると言い、続けて右のように記している。長い歴史を持つ街の現在の姿をながめながら、ローマを理解するためには、現在のローマだけでなく、過去のローマについても知らなければならないということを実感したのであろう。

私たちの生きる現代という時代は、言うまでもなく、この地上に、突然現れたわけではありません。過去の人間の営《いとな》みの上に築《きず》き上げられたものです。ですから、現代の社会のさまざまなできごとを知るためには、過去を知らなければならないのです。

現代の様子だけを見ていると、なぜこんなことになっているのかわからないようなことでも、過去にさかのぼってそのいきさつを調べてみると、「なるほどそういうことか」と納得できる、原因や理由が見つかることがあります。

考えてみれば、私たちの周囲には、なぜそうなっているのかわからないものがたくさんあります。ふだんは気にもとめずに見過ごしているそうした物事について、調べてみるのもおもしろいでしょう。

以前から関心のあったことや、ふと気になったことなどについて、その歴史をたどって調べてみると、思いがけない発見があるかもしれません。時間に余裕のあるときに、そうしたことについてじっくり調べてみるのも、人生の楽しみ方の一つではないでしょうか。

老年に耐《た》えること

年をとることは秘術《ひじゅつ》ではない。老年に耐えることは秘術だ。

『穏和《おんわ》なクセーニエ』第一集より――

ゲーテは八十二歳まで生きた。五十八歳のときに十八歳の娘に恋をし、晩年になってもその創作意欲は衰えず、自分が書いた作品の練《ね》り直しも続けていた。一見、ゲーテ自身はいたって元気な「老後」を過ごしたように思われる。しかしそれでも、彼が衰《おとろ》えゆく自分を十分に認識していたことは確かであろう。

日本の社会は高齢化が進んでいます。高齢者と言っても、活動的な人も多く、行楽《こうらく》帰りの高齢者のグループと同じ電車に乗り合わせると、その元気さに驚かされます。彼らは、気の合う仲間たちと楽しい一日を過ごしたのでしょう。ただ、こうした外出や社交生活を毎日続けるわけにはいきませんから、日々の生活の中で、一人の人間として「老い」とどう向き合うかということが重要になります。

記憶力が衰え、気力が弱り、体力もなくなっていく。そんな中で、自分が衰えつつあり、その上さらに、「死」に向かって一歩ずつ進んでいることを認識しながら生きていくのは大変なことのように思われます。家族もなく、親しい人もいない高齢者の場合は、孤独感にさいなまれることもあるでしょう。それに耐えながら生きていくには、自分の心を支える何かが必要です。

日本の社会はこれからもますます高齢化していきます。健康でありさえすれば、年をとること自体は特に難しいことではないのかもしれません。でも、長い「老後」をどのように生きていくか、どのようにして充実した日々を送るかということは、私たちのすべてにとって、大きな課題なのです。

忍耐をすること

もし私が忍耐をしなかったなら、だれが私に忍耐をしてくれただろうか。

『格言と反省』の「思考と行為」より――

自分の性格や癖《くせ》などについても書かれていて、ゲーテの人柄を知る上で興味深い。例えば、右の引用の少し後には、「問題ある性格の持ち主を軽々しく、しかも熱中して引き立てる癖は私の若いころからの欠点で、私はとうとうこの癖を完全に捨て去ることはできなかった」とある。

世の中で生きていくうちには我慢《がまん》しなければならないことがよくありますが、ほかの人の意向を無視して、自分の要求をあくまでも押し通そうとする人がいます。事情によっては認められるかもしれませんが、いつもそうした態度だと、やがて、だれもその人の要求を受け入れてくれなくなるでしょう。

自己犠牲という言葉がありますが、ある程度はこうした心を持って人に接しないと、相手もこちらに犠牲を払ってくれなくなります。これは持ちつ持たれつ、ギヴ・アンド・テイク（give-and-take）というような割り切った考えではなく、もう少し心情的な問題です。相手を思いやるこちらの心が相手に伝わり、相手もそれにこたえてこちらに配慮してくれるということです。こうした心づかいは面倒なように思われるかもしれませんが、慣れてしまうと、ごく自然なことになるものです。

自分の「我《が》」を押し通そうとするとき、もう一度自分自身を振り返り、ほかの人を思いやる心のゆとりを持ちたいものです。自分のとるべき行動を検討してみるだけの価値はあるはずです。

心にとらえたものを自分のものにする

よいもの、よりよいものをはっきりと見て知ることができるというのは、実に特別な作用だ。ところが私たちがそれを自分のものにしようとすると、それは手のひらの中で消えてしまう。

『イタリア紀行』より――
一七八七年二月十七日の記事。天気もよく暖《あたた》かなローマで、南国的、ローマ的な風物《ふうぶつ》をスケッチして歩いた後の感想。右の部分に続いては、「我々は正しいものをつかまないで、とらえ慣れているものをつかむ」とあり、イタリアの風物をどうしても「ドイツ的に」とらえてしまうという難しさを、ゲーテは痛感《つうかん》しているらしい。

何かよいアイディアが浮《う》かんで、「これならうまくいきそうだ」と思い、そのアイディアを具体化しようとすると、ついさっき頭の中に思い描いたことの輪《りん》かくがぼやけてしまって、もどかしい思いをすることがあります。そんなときは「つかまえた」と思っても、実は相手はスルリとこちらの手をすりぬけてしまっているのです。

でも、そんなことを何度か繰《く》り返《かえ》しているうちに、しっかりとそれをつかまえることができる場合もあります。それまでぼんやりとしていたイメージがくっきりとした輪かくを持って現れてくるのです。そんなときは、とうとうやったぞという思いで、実に気持ちがよく、達成感があります。

いつもうまくいくわけではありませんが、何かをつかまえかけたら、それをいつも意識の隅《すみ》っこに置いておくことが大切です。心の隅でいつもその何かを気にかけていると、いつか、ふとそれをつかまえるチャンスが来るのです。そのチャンスを逃《のが》さないためには、その大切な何かの後姿《うしろすがた》を、心にしっかりと焼き付けておくことが必要なのです。

重大な現象でもそれに執着《しゅうちゃく》しないこと

自然のどんなに重大で顕著《けんちょ》な現象でも、そこに立ち止まってはならない。それに執着してそれだけを眺《なが》めるのではなく、自然全体を見回して、似たものや親近性のあるものがどこにあるかを問わなければならない。

『色彩論』教示編の「物理的色彩」より――

ゲーテは右の引用の後に、その理由として、「ひたすら親近性のあるものを収集整理することにより、だんだんと一つの全体が成立する。これは自己そのものを表現しているので、それ以上の説明を必要としない」と述べている。

重大な現象が起こると、それにばかり気をとられてほかのことが目に入らなくなり、すべてをその現象に基《もと》づいて説明しようとしがちですが、それは誤《あやま》った結論を導《みちび》きかねません。どんなに重大な現象であっても、それは「一つの現象」に過ぎないからです。その「一つに過ぎないこと」ですべてを説明しようとすれば、誤った結論にいくことがあるのは当然です。

何か目を引くようなこと、注目に値《あたい》するような現象が起きたときには、その扱いに注意が必要です。それが偶然で特殊《とくしゅ》な現象であるかもしれないからです。たった一つの特殊な事例から、すべてに当てはまる結論を導くことは危険です。このことは頭ではわかっているつもりでも、強い印象を与える事象に出会うとついついそれに気をとられてしまいがちです。一つのことをもとに全体を判断しようとすれば、偏見や差別につながる可能性もあります。

一つの事象に出会ったら、それと関係のある事象がほかにあるかどうかをていねいに調べ、さまざまな角度からじっくりと検討する必要があります。結論を出すのはそれからです。

精神こそが技術をいかす

あらゆる技術をいかすのは最終的には精神だけだ。

『色彩論』教示編より――

ゲーテは、新しい顔料が発見されると、それだけで芸術上の大進歩を成し遂《なと》げたように思いこむ画家たちを批判した後で、右のように述べている。技術にばかり気をとられる傾向をいましめる言葉である。

ヨーロッパで開催《かいさい》される音楽コンクールの、日本人出場者へ対する批評に、「テクニックはある」というのがあります。この批評が当たっているかどうかはわかりません。日本人・東洋人に対する先入観が影響しているように思われるからです。でも、もしテクニックだけがあって、そこに精神性が感じられないとしたら、その音楽は安っぽいものになるでしょう。絵画《かいが》でも、上手だけれど深みがない作品というのがあるように思います。

一方で、うまくないけれども味わいのある字というのがあります。こうした味わいは、その人の内面からにじみ出てくるものです。つまり、形だけのまねでは表現できない部分です。これには、その人の人生や思索《しさく》が影響しているに違いありません。

技術と精神性のどちらかを選べと言われたら、どちらを選びますか。仕事面だけ考えれば、とりあえず技術のほうを選ぶかもしれません。でも、一人の人間としては、精神性を選ぶ人が多いのではないでしょうか。「上手じゃないけど味がある」というのは、人間性の豊かさ、ふところの深さを感じさせるものです。

時間の積み重ねが成功をもたらす

日々は迷いと失敗の連続だが、時間を積み重ねることが成果と成功をもたらす。

『格言と反省』の「経験と人生」より――

右の箇所《かしょ》の直前には「日々それ自体はあまりにも貧しい。五年単位にでもしないかぎり収穫《しゅうかく》はない」とあって、右の文と対をなしているように見える。短期間で成果をあげようとしないことが大切なのだ。

普通《ふつう》の人の生活にとって、毎日は同じようなことの繰《く》り返《かえ》しです。今日は昨日と同じようであり、明日も今日と同じだろうと予想できるような毎日です。でも、平穏《へいおん》な日々とはそういうものです。もし大きな変化が毎日続いたら、私たちはへとへとに疲《つか》れてしまうでしょう。

何か目標があって、それに向かって努力している人にとって、変化のない日々は、目標に少しも近づいていないように思われ、イライラさせられるものかもしれません。でも、大きな目標は、そう簡単に達成できるものではありません。ちっとも進んでいないように思われても、毎日コツコツと続けていけば、そのうちに成果が現れるものです。

単調な日々は退屈《たいくつ》かもしれませんが、その単調さに耐《た》えてこそ、大きな発見や発明が生まれます。「石の上にも三年」ということわざがありますが、ゲーテの言うように五年くらいを単位にしないと、何も達成できないものかもしれません。日々の中でちょっと気づいたことの積み重ねが、きっと大きな結果につながってゆく、そうしたことを大切にして生きていくべきなのでしょう。

人類の将来

世界を観察すればするほど、人類がその将来において、賢明《けんめい》で思慮《しりょ》深く幸福な集団になれるとは思えなくなる。

『イタリア紀行』より——

一七八七年五月十七日の記事。ナポリで書かれたもので、「ヘルダーに宛《あ》てて」というタイトルがついている（シチリアからナポリに戻ったゲーテがヘルダーに宛てた手紙ということになる）。シチリアで見聞きした事柄によって、ゲーテは右のような思いを強くしたらしい。

現在の世界に目を向けると、戦争やテロが繰《く》り返《かえ》され、多くの人が犠牲《ぎせい》になっています。日本の中だけを見ても、自殺する高齢者の増加、深刻《しんこく》な「いじめ」問題、格差の拡大など、気になる問題はたくさんあります。そして、これらが改善されるきざしは見られません。

こうした問題に対して一人ひとりができることはかぎられていますが、まったく無力というわけではありません。近年では、大きな災害《さいがい》があると、全国から多くのボランティアが被災地《ひさいち》にかけつけます。また、そういった非常時でなくても、それぞれの地域でいろいろな取り組みをしている人がたくさんいます。こうしたボランティアの活動が、やがて大きなネットワークとなっていくことも十分に考えられます。

孤独な高齢者も、いじめに苦しむ方も、貧しさに悩む方も、そうしたネットワークにつながることで、自分の場所を見つけられるかもしれません。暗いニュースに接しても、そこに何らかの希望がないわけではないと考えて、生き続けることが大切なのです。

コラム 2

植物のゲーテ、鉱物のゲーテ

文学者でありながら科学にも尽《つ》きぬ興味を持ち続けたゲーテ。中でも植物と鉱物に対する情熱は、趣味の域をはるかに超え、科学者のような研究論文とともに多くの標本を残しています。

そんなゲーテの功績をたたえ、ゲーテの名がつけられた植物と鉱物があります。植物はGoethea caulifloraというアオイの一種。赤く可憐《かれん》な花を咲かせます。鉱物はGoethite。日本ではゲーサイトやゲータイト、あるいは針鉄鉱《しんてっこう》と呼ばれ、工業加工に多く利用される鉱物です。

またゲーテは、東洋の銀杏《いちょう》の木に並々ならぬ愛着を持ち、*Ginkgo biloba* という銀杏の学名そのものをタイトルにした詩を、愛する女性に贈っています。

十八世紀初頭、長崎の出島《でじま》に赴任《ふにん》したドイツ人ケンペルが、日本の銀杏をヨーロッパに紹介しました。ゲーテがしばしば滞在したイエナに植えられた銀杏の木は、Goethe-Ginkgoつまり「ゲーテの銀杏」と呼ばれ、今も大切にされています。

ゲーサイト

第三章　強く美しく生きる

心の底から出たことが人の心に訴える

ほんとうに心の底から出たことでなければ、人の心には決して訴えないものだ。

『ファウスト』第一部の「夜」より――

ファウスト博士《はかせ》の弟子ワグネルが「弁舌《べんぜつ》で世間を説得して動かすなどということはとてもできません」と言ったことに対する、博士の返事。ファウストは、この言葉の前に「自分の魂《たましい》からあふれ出て力強く切々と語るのでなければ、聴《き》く者の心は得られない」とも述べている。

私たちは日々多くのことを語っています。どうしても何かを話さなければならず、とりあえず何かを口にすることもあれば、相手を説得し、自分に都合《つごう》のよい方向に話を持っていくために、懸命《けんめい》にしゃべり続けることもあります。異性に自分の思いを伝えるために、言葉をつくして愛を語ることもあるでしょう。でも、そんなとき、その言葉が、私たちの「心の底から」出たものだと言い切れるでしょうか。

事情はさまざまでしょうが、いつも「心の底から」出た言葉だけを語ることは困難です。私たちには私たちの生活があり、その生活のためには「心の底から」出たのではない言葉を口にすることが避《さ》けられません。でも、本当に大切な相手に対するとき、重大な場面にのぞむときには、自分の心を奥底まで見つめ、「ほんとうに心の底から出たこと」だけを語りたいと思うのではないでしょうか。ファウストの言葉を読むとそのような思いを強くします。

もちろん、日常生活にはそれ以外の言葉も必要なのですが、譲《ゆず》れない思いがあれば、その思いを「心の底から」出すことも重要なのです。

深く進むほど広くなる

芸術は人生と同じように、深く入り込めば入り込むほど、広くなる。

『イタリア紀行』より――

一七八六年十月十九日の記事。イタリア中部の都市ボローニャで、ゲーテは、これまで見るチャンスのなかった画家たちの作品に接した。彼は、それらを鑑賞《かんしょう》するために必要な知識と判断力が、今の自分にはないと感じた。彼の考えていた芸術というものの形式におさまらない作品を前にしたとまどいが、この言葉には表れている。

「浅く広く」とか「狭く深く」ということがよく言われます。幅広い分野について知識を得ようとすると、その知識は浅いものになりがちですし、特定の分野を深くきわめようとすると、知識の幅は狭くなりがちです。でも、こうしたことの一歩先の境地《きょうち》があるようにも思われます。

たとえば、絵画《かいが》の鑑賞を続けてきて、「絵」の見方がわかるようになり、自分なりの評価ができるようになったとします。ところがさらに絵を見続けていくと、それまでの見方では評価できないような作品に出会うことがあります。そんなとき、絵を見る人は、自分の見方を修正しなければなりません。場合によっては、それを根本から築《きず》きなおす必要もあるでしょう。

このようなことは、芸術の鑑賞だけでなく、どのような分野でも生じることです。自分は道をきわめたと思ったら、そこでその人の成長は止まってしまいます。ある道をきわめたと思われている人、その道の達人《たつじん》であると思われている人ほど、自分はまだまだだと思っているものです。一つの世界の奥深くまで入り込むと、その世界は際限《さいげん》もなく広がっていることに気づくのです。

外国では、その国の人どうしの話に耳を傾ける

私たちはそこの国の人どうしで話しているのを聞かなければならない。それこそが、その国全体の生きた面影《おもかげ》なのだから。

『イタリア紀行』より――

一七八六年十月二十七日の記事。旅の途中で一緒《いっしょ》になった司祭から、イタリアでの儀礼《ぎれい》習慣などについて教えてもらった後の感想。イタリア人どうしの会話から、ゲーテは「イタリア」を少しずつ理解していったのである。

外国に旅行したとき、その国の人からいろいろと教えてもらうのは楽しく、また、有益であることが多いのですが、その説明はあくまでも「外国人向け」のものになります。その国のほんとうのことを知りたければ、その国の人どうしのやりとりを観察し、その言葉に耳を傾けるのがもっともよいと思われます。

もちろん、習慣や儀礼の違《ちが》いが問題になるのは、外国人との交流にかぎられることではありません。日本人どうしでも、地域による習慣や儀礼の違い、さらには価値観の違いによって、関係がギクシャクすることがあります。そんなとき、自分が育った地域とは、習慣も価値観も異《こと》なる人たちが話していることに耳を傾けることが重要になるでしょう。

人には、自分の慣れ親しんでいることを「標準（スタンダード）」だと思ってしまう傾向がありますから、異質なものを受け入れるのは簡単ではありません。でも、そうした「標準」が絶対的なものではないことを知り、別の「標準」が存在することを認めることで、私たちは成長することができます。そんな心構《がま》えを持って、毎日を生きていきたいものです。

内面的実在を持つこと

ほんとうの内面的な実在を持たないものは、生命を持たず、偉大であることもなく、また偉大になることもできない。

『イタリア紀行』より——

一七八六年十月二十七日の記事。ローマの北東に位置するテルニで古代ローマ時代の水道橋を見たゲーテは、そこに偉大な精神を認め、こうした建築が「市民の目的に合致《がっち》した第二の自然」だと考える。気ままな建物はそれとは逆に、「ほんとうの内面的な実在」を持たない「死んで生まれたもの」なのではないか、とも。

外見は大切です。外見を飾ることへの批判《ひはん》はよく耳にしますが、外見が美しいこと自体が否定されるわけではありません。問題は、その外見の「美しさ」が内面的なものに基《もと》づいているかどうかということでしょう。たとえば、表面はきれいに装飾が施《ほどこ》されているけれども、その装飾をはがすと何も残らないのだとしたら、私たちはそこから何か薄っぺらな印象を受けるものです。これは「もの」にかぎらず、人についても当てはまるのではないでしょうか。

美しい顔立ちで、美しく着飾り、豪華なアクセサリーを身につけてはいても、自身から、こちらへ向かって訴えかけてくるもののない人がいます。その人の内面からにじみ出てくるものがない、その人の内面から発する光がないと言ったらよいでしょうか。そんなとき私たちは、そのただ表面的に「美しい」人に、幻滅《げんめつ》を覚えてしまったりします。

内面を磨《みが》くのは簡単なことではありませんが、毎日の生活の中で、いろいろなことについての考えを深めていくうちに、私たちの精神は少しずつ少しずつ磨かれていくのです。

純粋な題材から純粋なものを作る

純粋な題材を与えられた芸術家は、何らかの純粋なものを作り出すことができる。

『イタリア紀行』より――

一七八六年十月五日の記事。「アドリア海の真珠《しんじゅ》」とたたえられる、ヴェネツィア滞在中の言葉。キリスト昇天祭《しょうてんさい》に使われる豪華船の感想として、ゲーテは右のように述べている。ちなみに、この船は、ナポレオン・ボナパルトによって一七九七年に破壊された。

すぐれた芸術家が純粋な題材をもとに作った作品に、純粋さがあるというのは納得のいくことです。

しかし、たとえ芸術家でなくても、純粋な題材から純粋なものを作り出せるのではないでしょうか。

純粋なきっかけから、ある目的に向かって日々努力するとき、そこから生まれるものには、上手下手《じょうずへた》は別として、純粋さがあるように思われます。人に高く評価してもらおうとか、お金を得ようとかいうことではなく、自分の理想を追い求める姿勢自体が、すでに純粋な美しさを持つものですが、そのようにして達成されたものもまた、純粋な美しさを放《はな》つのではないでしょうか。

たとえばバレリーナが自分の理想とする踊りをめざしていくとき、彼女がたとえその理想に到達できなくても、その姿には純粋さが感じられるでしょう。

上手下手を超えた、このような純粋な美しさを感じることのできるような柔軟《じゅうなん》な感受性を持って日々の生活を送ってゆけば、人生はきっと豊かなものになるはずです。

豊かな土地でのんびりと

差しあたり必要なものが豊富《ほうふ》にある地方では、今日あったものは明日もあるだろうとのんきに構え、のんびりと苦労もなくやっていけるような、幸福な性格の人間を作る。

『イタリア紀行』より――
一七八七年三月十二日の記事より。南イタリアのナポリを訪れたゲーテは、街を歩き回りながら人々の暮らしぶりを観察した。この言葉からは、アルプスの北側に位置するドイツに生まれ育った人の、率直《そっちょく》な感慨《かんがい》が読みとれる。

イタリアや南フランスなど、ヨーロッパでも気候が温暖で農産物の豊かな地方では、食材とその種類も多様です。街路樹や公園の植樹にオレンジがたわわに実っていることもめずらしくありません。もちろん、それを勝手に採ってはいけないのでしょうが、いざというときには、一時的に空腹を満たしてくれるでしょう。また、冬の寒さも厳しくありませんから、家がなくても容易にねぐらを見つけることができます。

寒さに凍《こご》える心配もなく、食べ物もいざとなれば何とかなるという環境に生まれ育った人々は、ゆったりとした性格になるのかもしれません。イタリアの商店などでは午後に長い休憩《きゅうけい》時間がありますが、日本人からしてみると、ずいぶんのんびりしているように感じてしまいます。

現代の日本でも、地位や名誉《めいよ》や富《とみ》をあくせく追い求めなければ、のんびりと暮らすことができないわけではありません。そんな生き方をしようとする人が増えているのも事実です。「豊かな土地でのんびりと」とまではいかなくとも、心の持ちようだけはゆったりとしていたいものです。

鏡の部屋で気づくこと

芸術家たちの間で生活することは、ちょうど鏡の部屋にいるようなもので、いやでも応《おう》でも自分や他人の映像をそこに見いだすことになる。

『イタリア紀行』より――

一七八六年十二月二十九日の記事より。ゲーテはイタリア滞在中、画家のティシュバインと、かなりの長期間行動を共にした。右の言葉は、ティシュバインがゲーテの肖像画を描こうとしていることに気づいたゲーテが書き記したもの。この肖像画は、『カンパニアのゲーテ』という題で広く知られている。

デパートの中などを歩いていると、大きな鏡に映っている自分の姿にふと気づいて、驚くことがあります。ぎょっとすると言ったほうがぴったりかもしれません。ふだん見慣れない自分自身の姿を、思いがけず見てしまうからでしょう。

これは、自分自身の姿を見せつけられる場合ですが、ほかの人と一緒《いっしょ》に生活しているときにも、彼らの中に自分自身の似姿《にすがた》を見いだすことがあるものです。自分に似ていて好《この》ましいと思うこともあれば、自分のいやな面を見せつけられているように感じることもあるでしょう。でも、そこに私たちが見たものが自分自身の姿なのだとしたら、私たちには二つの対処法があります。一つは、そんな自分自身の姿を認め、ありのままの自分を受け入れること。二つ目は、自分自身の改めるべきところは改めるということです。

どちらの方法がよいかは、単純には決められないでしょう。ありのままの自分を受け入れてもいいですし、自分を変えてもいいでしょう。その選択も含めて、自分がどんなふうに生きていくか、どんな自分であろうとするかを決めるのは、自分自身なのですから。

自分の存在理由を問わないこと

山塊《さんかい》は気高《けだか》く無言のままにそびえている。自分がどのようにしてできたのか、なぜできたのかを問うことはない。

『ファウスト』第二部第四幕より――

ファウストの言葉。悪魔メフィストフェレスの力を借りて、さまざまな世界を体験したファウストは、自然という存在についての自分の考えを、メフィストフェレスにぶつけている。この言葉からは、科学者として自然を探求し続けたゲーテ自身の、自然に対する深い思いが感じとれる。

山はただの物体ですから、山が自分の存在について問うことはありません。ただ、黙ってそこにある偉大な自然に接したとき、私たちを圧倒するその存在感に、心打たれることがあるのも事実です。

私たちは他人に自分を認めてもらおうと思い、自己アピールをすることがあります。特に現代社会では、自分をうまく売り込む才能が求められる傾向がありま す。でも、自分はいかに能力があるかということを懸命に相手へ訴えることに、何かしらためらいを感じる人もいるのではないでしょうか。

自分がいま熱心に説いている「長所」を備えた人間が、ほんとうに自分自身だと言い切れる人はそう多くはないでしょう。自分を売り込みながら、同時に、自分の才能のなさを痛感しているときは、ひどくみじめな思いがするものです。

そんなとき、高くそびえる山、どっしりとした山が、ただ静かにそこにあるのを見て、自分のあり方を反省させられるのではないでしょうか。その反省は決して後ろ向きのものではありません。自分のありのままの姿を知ること。そこから、新しい自分を築《きず》き始めることができるのですから。

けばけばしさを避《さ》ける

教養のある人々は、衣服や身のまわりのものにけばけばしい色彩を避け、自分から遠ざけようとする。

『色彩論』教示編の「色彩の感覚的道義的作用」より――

ゲーテは色彩の生理的、物理的、化学的側面について論じた後の章で、「教養のない人々、子どもたちほどけばけばしい色彩を好む」と述べ、続けて右のように記す。しかしこうした傾向については「注目に値《あたい》する」と書くだけで、それ以上の分析《ぶんせき》をしているわけではない。

どんな色が自分に似合うかというのは、なかなか難しい問題です。昔は身分によって、身につけることのできる衣服の色に制限があったりしましたが、現代では、だれがどんな色の衣服を身につけようと、基本的には自由です。問題なのは、自分の好きな色が自分に似合うかどうか、これから訪ねる場所や会う相手に、その色がふさわしいかどうかということです。

ＴＰＯという言葉は最近あまり使わないようですが、これは今でも重要なことでしょう。ただ、服装の基準は時代によって変化していきますから、かつては認められなかったようなデザインや色の服装が、今では何の問題もなく認められるということが少なくありません。

でも、そうであればこそ、どのような服装をするか、どんなアクセサリーを身につけるかで、その人の内面が問われることになります。日ごろからデザインや色に関心を持ち、どのように衣服を着こなすかということが、これからはますます重要になっていくのではないでしょうか。身につけるものは、あくまでも自分自身を表現するものなのだということに注意する必要があります。

不誠実になる危険

誠実であろうとどんなに努力をしても、人間は不誠実になるおそれがある。

『色彩論』の「まえがき」より——

歴史を書くことの困難さについて述べる中、右のように記している。ゲーテは、何かについて叙述《じょじゅつ》することは、あるものには照明を当て、他の多くのものは陰《かげ》におくことになると言う。自然科学者として、客観性への配慮《はいりょ》を表している。

人間が完全に誠実であるということは可能なのでしょうか。だれかに対して誠実であろうとすると、他のだれかに対しては不誠実になってしまうことがあります。また、だれかに対して誠実であろうとしてしたことが、不誠実な結果に終わることもあるでしょう。

このように考えると、私たちが完全に誠実であることは不可能なことのように思えてきます。でも、たぶんそれでよいのでしょう。大切なのは「誠実であろうと努《つと》める」ことなのではないでしょうか。そうして、誠実であろうと努力したとき、完全には誠実になれなかったとしても、その人の誠実さが損《そこ》なわれることはないでしょう。世の中は人間関係が複雑にからみ合っていますから、すべての人に対して誠実であることはできない相談なのです。

誠実であろうと努力すること、それも見せかけでなく、真剣にそう努めること。そこからは、その人の誠実さがにじみ出てくるはずです。もっとも、完全に誠実になることなんて不可能だと、初めからあきらめていたのでは、ただ一人の人に対してさえも誠実であることはできないでしょう。

完全なものに近づくこと

完全なものは私たちをそれにふさわしい気分にさせ、しだいに私たちをこれに近づけていく。

『スイスだより』の「スイス旅行」より――

スイス滞在中のゲーテは、ラインの滝を見物に行き、滝の水の落ちる様子と水の運動を観察して、このように記している。その後に「そこで美しい人はますます美しく、分別《ふんべつ》のある人はますます分別があるように見えてくる」と続けている。

優《すぐ》れたものに接して、自分もそれに近づきたいと思うことは、よくあることです。身ごなしの優美な人、言葉の美しい人、ファッションセンスのいい人など、どんな分野にしろ、優れた人に接すると、少しでもその人に近づきたいと思うものです。ですから、もし「完全なもの」に接することがあったら、私たちはそれに少しでも近づきたいと思うことでしょう。

では、「完全なもの」とはどんなものでしょう。人間の作ったものは、それがどんなものでも、改善の余地《よち》があるように思われます。それに対して、自然界のものはどれもが完全であるかもしれません。雪の結晶《けっしょう》の顕微鏡《けんびきょう》写真を見ると、その美しさに心を打たれますが、あの結晶をもっと美しくしようと思う人はいないでしょう。それは、あの結晶が「完全」だからではないでしょうか。

ところで、私たち人間も「自然」の存在です。したがって、どんな人もその人なりに「完全」なはずです。自分を「完全な存在」として受け入れれば、私たちは自分を美しいと思えるのです。もっとも、自分の姿を鏡や写真で見ると、そのように思うことの難しさを思い知らされるのですが。

旅の効用

旅行は、あるときには気を紛《まぎ》らわせてくれるし、別のときには私たちを私たち自身につれ戻してくれる。

『スイスだより』のシラーにあてた手紙より――
スイス旅行中のゲーテは、新しい作品の着想は得たが、まだ旅という環境に慣れていないために、集中して仕事ができないと書いている。それに続くのが右の言葉。

旅は「非日常」だとよく言われます。旅というのは、ふだん自分が住んでいる所とは違《ちが》う場所に行くことですから、「非日常」は当然なのですが、「非日常」は、旅先で目にする物事が何でも目新しく感じられ、興味を引きやすくなる、ということにつながります。それにより私たちは、それまでの気がかりや心配ごとから、一時的にせよ心を解《と》き放《はな》つことができるのです。

旅は「非日常」であるがために、自分自身を見つめなおすきっかけを与えてもくれます。ふだんとは違う時間を過ごすことで日常から遠ざかるため、いつも頭の中の大部分を占《し》めているさまざまなことから心が解き放たれ、自分自身を見つめる余裕ができるからでしょう。

いずれにしても、旅先の風景をながめ、見知らぬ街の見知らぬ人々をながめていると、いつもとは違った心の状態になるものです。そんなとき、心をゆっくりと休めるのもいいし、自分をしっかりと見つめなおすのもいいでしょう。ときどきはそんなふうにして「日常」から離れることが、日々の生活を豊かなものにしてくれるはずです。

すべては自分自身の中に

あなたたち自身の中を探しなさい。そうすれば、すべてを見つけることができるだろう。

『格言と反省』の「認識と学問」より――

右の言葉に続けて、ゲーテは「外部にある自然が、あなたたちが自分自身の中に見つけたもののすべてに同意してくれるならば、喜びなさい」と記しているが、ここからは、ゲーテが、自然を観察する人間の中にあるものと、観察対象である自然の中にあるものとの間に共通性を見いだしていたことがうかがわれる。

私たちが何事かに関心を持つとき、その何事かの持っている要素が私たちの心を引きつけるわけですが、そうして引きつけられるのは、私たちの中に、それに引きつけられるだけの条件が、すでに存在しているからだと言えるのではないでしょうか。

同じ物事に接しても、それに関心を持つ人と持たない人がいます。観察力の違《ちが》いもあるでしょうが、それぞれの心の中に、引きつけられるだけのものがあるかどうかが大きく影響しているとも考えられます。したがって、私たちが気にかけるもの、関心を持つ対象や問題は、すでに私たちの心の中に、そうした物事に関心を持つだけの条件があるのです。

自分のやりたいことがわからないという若い人がいます。会社を定年退職した後に、何もすることがないという人がいます。そんな人は、自分の心の中をじっくりと見つめてみるとよいでしょう。それまでの人生を振り返り、自分が何に関心を持ち、何に感動してきたかを思い起こすのです。きっとそこに自分の進むべき道が見えてくるに違いありません。

声の強さに負けないで

私たちに対して反論がなされるとき、その声の強さに圧倒されることを恐れる必要はない。

『格言と反省』の「思考と行為」より――

この部分の前後でゲーテは、論争について、異論を唱えることについて自分の意見を表明している。彼は当時の支配的な学説と異なる説を唱《とな》えていたため、反論されることが多かったはずである。この言葉には、そうしたゲーテ自身の経験がにじみ出ているように思われる。

会議の席などで発言していて、反論されることがあります。その反論に納得できなければ、こちらも反論すればよいわけで、そうして議論が深まっていくのは望ましいこと。でも、問題なのは反論の仕方です。中には、大声をあげ、テーブルをたたくという威圧的な態度で反論する人がいます。しかしこういう人は、自分の論理では相手を納得させることができないから、そんな態度をとることが多いのです。つまり、論理の弱さを声の大きさでおおい隠そうとしているのです。

そんな人たちに対して、自分の考えをはっきり主張しなければならないことがあります。部下をどなってばかりいる上司でも、部下の思わぬ反論にかえって耳を傾けてくれるかもしれません。やたらとどなり散らすのは一部の人ですから、それに反論することで、他の多くの人たちの支持を得られる可能性があります。大声でものを言う人は中身が小さいのです。勇気を持って発言してみましょう。

それがもとで左遷《させん》されるという恐れもありますが、そんな組織からはさっさと離れたほうがよいかもしれません。もっとも、それで生活に支障をきたすこともありますから、くれぐれも慎重に行動してください。

時代の誤《あやま》りにどう対処するか

時代の誤りと折り合いをつけるのは難しい。反対すれば孤立《こりつ》するし、これにとらわれれば名誉《めいよ》も喜びも手に入れることができない。

『格言と反省』の「思考と行為」より――

前後には、真実と誤りに関する事柄が述べられている。自然科学の分野で、自説をほとんど認められることのなかったゲーテは、右の言葉のような思いを抱き続けていたのかもしれない。

自分の生きる時代の支配的な考え方が間違《まちが》っていると気づいたとき、その誤りにどのように対処するかというのは難しい問題です。ことの性質にもよりますが、みんなが正しいと信じている説を真っ向から否定することは、みずからの孤立を招く可能性があります。かといってそれをそのままに放置しておけば、誤りを正すことができません。

誤りが誤りだと認識されていない中で、それは誤りだとはっきり言うためには、勇気と覚悟が必要です。「裸《はだか》の王様」に登場する少年のように、自分の思ったことをただ正直に言うのとは違い、自分の発言が及ぼす影響を考えると、どう対処すればよいのか悩むことになります。学問の世界だと権威にたてつくことになりますから、発言者が若い学者の場合、学会での生き残りが難しくなるかもしれません。専門外の人が発言した場合には、あっさり無視されることもあるでしょう。

それでも自説を曲げずに主張する勇気をふるわなければ、世の中に時代の革新《かくしん》者《しゃ》と呼んではもらえません。チャンスがあれば、せめて一生に一度くらいは、そうした勇気をふるってみたいものです。

自分に理解できること

私たちはみな、自分の理解できることだけしか聞いていない。

『格言と反省』の「経験と人生」より——

右の箇所《かしょ》の前後には、自分の発言がねじ曲げられたり、誤解されたりすることについて述べた言葉が並ぶ。なお「認識と学問」という章には「人は、理解していることについては、何も知ろうとしない」という言葉があり、右の言葉とは対のような関係になっている。

私たちは、文章を読んだり、人の話を聞いたりしているときに、自分の理解できるところだけをつなぎ合わせていくことがよくあります。その結果として、書き手や話し手の伝えようとしていることが十分に伝わらないということもしばしばです。

幼い子は、いろいろな「お話」を聞かせてもらっているときに、自分にわかるところだけをつなぎ合わせて自分なりの物語を作ると言われていますが、程度の差こそあれ、大人になっても同じようなことをしているのかもしれません。「自分の知らないことは理解できない」と言う人もいますが、知らないことでも、自分が持っている知識を組み合わせて想像力を働かせれば、わかることがあるのも確かです。

初めから「わからない」とあきらめてしまわないで、相手の言葉に耳を傾け、理解しようと努《つと》める姿勢だけは失いたくないものです。そこに誤解が生じたとしても、それはそれでよしとしましょう。もちろん、その誤解が深刻な結果を招かなければということになりますが。

完全な経験は理論を含む

完全な経験は、その中に理論を含んでいなければならない。

『スイスだより』より——

詩人のシラーにあてた、一七九七年十月十四日付の手紙にある言葉。ゲーテは旅の途中でシラーからの手紙を受け取り、返信の中で芸術について述べている。自分とシラーがそれぞれに問題に迫《せま》っていけば、いずれ中心で出会うことは確かだと、右の言葉に続けて記している。

私たちは「経験」という言葉をなにげなく使っていますが、実際のところ、「経験」とは何のことを指して言うのか、考えたことはあまりないかもしれません。事故や事件に巻きこまれたときに、「○○を経験した」と言いますが、それが「ほんとうの経験」と言えるかどうか、私たちが検証してみることはほとんどありません。

ゲーテが言うように「完全な経験」は「理論」を含んでいなければならないのだとしたら、私たちがふつう「経験」と呼んでいるものは、「完全な経験」ではないということになるでしょう。

つまり、何事かを経験したら、その原因や意味を分析し、その何事かの本質をとらえて、その経験の全体像をきっちりとつかまえたとき、その「経験」は「完全な経験」と呼べるものになるのです。

そのとき、その「完全な経験」は、私たちの認識力や判断力を高め、私たちが生きていく上での指針となるでしょう。何かを「経験」したら、それについて考えること。そうすることで、私たちの人生はより豊かなものになっていくに違いありません。

初めからやり直すこと

世紀は進むが、人間は初めからやり直さなければならない。

『格言と反省』の「経験と人生」より――

ゲーテは一七四九年に生まれ一八三二年に亡くなっているので、十八世紀から十九世紀にかけて生きた人ということになる。ヨーロッパ史で言えば、フランス革命とそれに続くナポレオンの時代、ドイツではプロイセン王国が成立している。そうした激動の時代を生きた人の言葉だから、なおのことずっしりとした重みがある。

歴史を振り返ると、人類は確かに進歩していると言えるでしょう。それは、自然科学の分野を見てみれば明らかです。以前はただ死を待つのみだったような病気の治療《ちりょう》が可能になり、遺伝子《いでんし》に関する研究も進んでいます。宇宙ステーションも建設されています。数十年前にはＳＦの世界の出来事だったことが、現実になりつつあるのです。

でも、人間の内面はどうでしょうか。私たちは、古代ギリシャや古代インド、古代中国の思想を本で読むことができますが、そうした書物を読んでつくづく思うのは、人間の考えることはあまり変わっていないということです。生や死や愛について、昔からさまざまな考えが述《の》べられていますが、今日の私たちが悩み考えていることと、決定的な違いはないように思われます。どの時代の人も、私たちと同じような悩みを抱えていたのです。

そのように考えると、私たちは、過去の遺産にばかりは頼れないということがよくわかります。過去の思想を参考にしながらも、私たちそれぞれが自分の頭で考え、土台から作り直す覚悟《かくご》で物事に取り組んでいかなければなりません。

人間とは努力して手に入れるものである

人間とは、生まれつきのものだけではなく、努力して手に入れたものでもある。

『格言と反省』の「経験と人生」より——

ゲーテは右の箇所《かしょ》の少し前で「生まれつき身に備《そな》わっているものは、たとえ投げ捨てようとしても、これから逃《のが》れることはできない」と述べているのだが、もしそうだとすると、この「生まれつき身に備わっているもの」に何を加えていくかによって、どのような「人間」になるかが決まるということになる。

どのような人間になるかを決定するのは遺伝《いでん》か環境かということになるでしょう。一言で言えば、そのどちらも大きな影響を与えるということになるでしょう。

一卵性双生児《そうせいじ》は同じ遺伝子を持ちますが、育つ環境が異《こと》なれば、かなり違う人間になります。もちろん、遺伝子が同じであれば、そっくりな人間になる可能性を持っているわけですが、どのように育てられるかによって、生まれつき備わっているものの、生かされ方が異なるということでしょう。単純に言えば、与えられる栄養素が違えば、体つきや顔立ちも違ってきます。育った家庭の環境や教育が異なれば、知力や性格にも差が出ます。そういう意味で、人間を作りあげるのは、環境だとも言えるわけです。

現在、遺伝子に関する研究はどんどん進んでいますが、遺伝だけですべてが決まるというような決定論がまかり通るのは危険なことです。むしろ、持って生まれたものをどのように育て、伸《の》ばしていくかということが大切なのです。遺伝子の存在を超えたところで、私たちの持つ可能性を真剣に考えることが、成長につながるのです。

色彩と心情の関係

一つひとつの色は、それぞれ独特の気分を心情に与えるものだ。

『色彩論』教示編の「色彩の感覚的道義的作用」より――

これに続いては、あるフランス人が家具の色を変えて以来、夫婦の間の会話の調子が変わってしまったという話が紹介されている。右の言葉は、色彩についてさまざまな角度から論じた『色彩論』の中でも、最も親しみやすいものである。

色と心理の関係については多くのことが言われていますし、その研究成果がさまざまな分野で応用されてもいます。身近なところでは、壁紙《かべがみ》やカーテンやカーペットの色、照明の色など、インテリアの分野をあげることができるでしょう。車や航空機などの計器類の照明の色にも、色が心理に与える影響が配慮されているようです。

インテリアで言えば、ベージュ系の色は心を落ち着かせるとされ、客室の内装がベージュ系で統一されているホテルも多いようです。また、景気のよくない年には黒が流行色になると言われ、時代の気分が色に現れることがあります。

私たちの毎日の生活でも、その日着る衣服を選ぶときに、気分に合わせた色のものを選ぶという人もいるでしょう。部屋の照明も、ちょっとした工夫《くふう》で色調を変えることができます。夜は家で過ごす人が多いのですから、室内の照明は日々の生活を快適にする上で重要なはずですが、日本ではこれまであまり重視されてきませんでした。ちょっとした工夫で快適な夜を過ごせば、人生はもっと楽しく、すてきなものになるでしょう。

意図《いと》こそが大切である

人間の働きでも自然の働きでも、私たちが特に注意しなければならないのは、その意図である。

『格言と反省』の「経験と人生」より――

私たちがどうかすると結果にばかり目を向けがちなことに対する警告であろう。人間の意図はよいとしても、自然の意図となると抵抗《ていこう》を覚える人がいるかもしれないが、「自然の意図」＝「神の意図」と考えれば、その意味するところは了解しやすくなるのではないか。

私たちは行為そのものや、その行為によってもたらされた結果にばかり目を向けがちですが、ほんとうは、その行為の意図こそが大切なのかもしれません。「結果オーライ」と言ってすませられるようなことであればよいのですが、いつもそうとばかりはかぎりません。

たとえば、こちらに敵意を持ってなされた行為が、たまたま結果的にはこちらにとってよい結果になったような場合には、喜んでばかりもいられません。その敵意を持った人物が再び、こちらに敵意を向ける可能性があるからです。

自分自身の行為の場合でも、似たようなことが言えます。ある意図を持って行為を行い、自分の意図したようにはならなかったものの、それはそれで一定の成果が得られたとします。この場合、この成果自体は喜ぶべきものであるかもしれませんが、自分の意図が達成されなかったことについては、きちんと反省しなければなりません。

結果だけを見るのではなく、意図・方法・プロセス（過程）を検証することが、次の成功へとあなたを導くのです。

コラム 3

「野ばら」の謎《なぞ》

「わらべはみたり、のなかのばら……」

近藤朔風《こんどうさくふう》の訳で知られるこの歌は日本ではシューベルトとヴェルナーの曲が有名ですね。なぜ同じ詩に二つの曲があるのかと不思議に思った方も多いのでは？

実はこの詩には世界中で百五十を超える曲がつけられています。十八世紀末、ゲーテがこの詩を発表した直後に作曲したのはドイツのロンベルク、ライヒャルト、スイスのネーグリなど。十九世紀に入ってからはシューベルトに次いでシューマンやブラームスといったおなじみの作曲家たちも曲を書いています。

「野ばら」はアルザス地方の伝承民謡にゲーテが手を加え自作として発表したもの。後半は野ばらを清く美しい少女に見立て、少年がそれを手折《たお》ってしまうといういささか残酷な内容になっています。この少女は、ゲーテが傷つけて別離を選択した当時の恋人フリーデリケです。

彼女は生涯未婚でした。その一途《いちず》な愛がゲーテに寄り添って詩に宿り、時空を超え創作の花を咲かせたのかもしれません。

F. シューベルト
(1797-1828)

第四章　みずからを振り返る

際限《さいげん》なき人間の欲望

富《とみ》や高い身分を手に入れながら、なおも満たされない思いを抱くほどつらいことはない。

『ファウスト』第二部第五幕の「宮殿」より——
広大な海岸の干拓《かんたく》事業を成功させ、世界のすべてを手に入れたように思うファウストが、わずかの木々のためにその土地の全体を見渡せないことを不満に思い、悪魔メフィストテレスに言った言葉。

私たちは日々さまざまな欲望を持って生きています。もう少しお金があったらとかもっと背が高かったらとか、あと十年若かったらとか……人はそれぞれ自分になにがしかの不満を抱いて生きています。

では、「もう少しお金があったら」と思っていた人の給料が上がり、以前にくらべて暮らしが楽になったとき、その人は「もう自分には何も望むものはない」と、心から満足した毎日を送れるでしょうか。もう少し大きな家に住みたい、もっといい服を着たい、いつもおいしいものを食べたい、さらにはもっとお金が欲しいとは思わないでしょうか。

ほかの人の目には満ち足りているように見えても、いつも自分の中に「不満さがし」をしてしまうのが、私たち人間の悲しい現実です。

富《とみ》も名誉《めいよ》もすべて手に入れてしまった人が、それでもまだ自分には満足できないものがあると感じてしまったら、それはおそろしいまでの飢餓《きが》感であろうと想像されます。欲望の底なし沼に足をとられないよう、幸福を決めるのは自分の心であると、肝《きも》に銘《めい》じて生きたいものです。

思いこみへの警告

願望したものを手にしたと思いこんだときが、願望からいちばん遠ざかっているのである。

『親和力』第二部第五章より――

この後に、「自分は自由だと思いこんでいるものこそが、いちばんの奴隷《どれい》である」と続いている。思いこみをいましめるゲーテの言葉に耳を傾けたい。

大事故や、日常生活上の失敗の原因の多くが、「思いこみ」によるものだと思うことはありませんか。消したはずと思いこんだ火《ひ》の元《もと》に火事の原因があったり、修理したはずのものからガスがもれて人が亡くなったりしています。思いこみが戦争を引き起こした例も、記憶に新しいところです。

「思いこんだら命がけ」、「思いこんだが最後」という言葉が示すように、思いこみは冷静な判断をさまたげ、まわりの状況を見えなくし、さらには自分の都合のいいように物事を解釈、進行させることがあります。

自分が長年望んでいたものが手に入ったとき、それをほんとうに手に入れたのか、手に入れたと思っているだけなのかと落ち着いて考えることができれば、その人は失敗の少ない人生を送ることができます。歴史上の多くの人物がそうであったように、私たちは望むものを手に入れたと思いこみ、有頂天《うちょうてん》になったとたんに、すべてを失っているのです。

実際に所有していることと、所有していると思いこんでいることとの大きな隔たりに、私たちはいつも気をつけなければなりません。

生活を構成するもの

生活は、したいのにできない、できるのにしたくないの二つから成り立っている。

『格言と反省』の「経験と人生」より――

「人の一生は、求めても成《な》し遂《と》げることができない、成し遂げられるのに求めない、の二つから成り立っている」という日本語訳も可能。「求めて成し遂げられるものならば、努力する値打ちもなく、語るのも腹立たしい」と続いている。求めても手に入らないようなものこそ、求める価値があるということだろうか。

自分の生活を振り返ってみて、「したいのにできない」と思っていることが、実は「できるのにしたくない」ことだったと感じたことはありませんか。

ちょっとした時間のやりくりできれいになるのにいつも散らかっている部屋、「一日十分」が続かずにあきらめてしまった語学の勉強、友達と遊ぶ時間欲しさからやめてしまったピアノのレッスン、成功しないダイエットなど。これらはみんな、「したいのにできない、できなかった」ではなく「できるのにしたくない、したくなかった」ことだと思いませんか。よほどの健康上の理由でもないかぎり、ほんとうにしたいことならばできるはずですから。

しかし、世界には「したいのにできない」生活に耐えなければならない人たちがおおぜいいます。学校に行きたくても行けない子どもたち、離婚もままならぬ人権のない女性たち、自分の子どもの空腹を満たすことができないと嘆く大人たちなど、同じ現代社会に生きているとは思えないような境遇の人たちです。

「世界」は「したいのにできない」国に住む人と、「できるのにしたくない」国に住む人で成り立っているとも言えないでしょうか。

今を生きるということ

人間は現在をどのように生かしていいか知らないから、未来に期待やあこがれを持ったり、過去に媚《こび》を送ったりする。

フォン・ミュラーにあてた手紙より――

一八〇七年に初めて出会ってからは、ほぼ毎日のように時間をともに過ごしたと言われている、ヴァイマルの法務長官ミュラーあてにゲーテが送った手紙の一節。過去や未来にとらわれないで、今を意義深く生きよとのメッセージである。

「今を大事に生きる」という言葉ほどよく耳にし、一方でその実行が困難なことはありません。今という時間が過去の積み重ねの上にあり、未来は今と過去の上にあるということなど忘れて、無為《むい》な日々を重ねてしまうことが多いのではないでしょうか。すべては今という時間の積み重ねだと意識して生きることは、なかなか難しいことです。

「昔はよかった、いい時代だった。それに比べて今はどうだ」などと、私たちは昔をなつかしみます。文明の発達がもたらしたものは、いいことばかりではありません。高度に進み過ぎた技術のおかげで、昔には考えられなかったような環境破壊や殺人が行われているのも事実です。

しかし、人間がまるで物のように扱われた時代、高度な医療も受けられず人が簡単に死んでいった時代、電気やガスや車、飛行機がない時代に立ち戻って、快適な生活を送れるはずもありません。

理想的な未来を夢見るならば、今すべきことを考え、行動することです。「明日」は「今日」の上にしかないのですから。

外国語を学ぶ意味

外国語を知らない者は、自分の国の言葉についても何も知らない。

『格言と反省』の「文学と言語」より――

いくつもの言語をマスターした、ゲーテならではの言葉である。ゲーテの秘書として働いたエッカーマンの著書『ゲーテとの対話』の中にも、言語や各国の文学について、ゲーテがどのように考えていたかが、いたるところに書かれている。

ゲーテがもっとも好きな勉強は、外国語の勉強でした。幼少のころからフランス語に親しみ、家族のだれもがイタリア語を話し、イギリス人から英語を学び、さらにはラテン語やギリシャ語、ヘブライ語まで習ったと伝えられています。

言うまでもないことですが、言葉というのは単独で存在しているものではありません。その言葉の背景にある文化や思想などの影響を受けて生まれ、時代や環境により変化するものです。ゲーテがさまざまな言語を学んだ理由の一つはおそらく、その言葉を話す民族の文化や思想を理解すること、そしてそれが母国ドイツをより深く知る手がかりになると考えたからでしょう。

ゲーテは「ドイツ人はさまざまな言語を学ぶべきだ。自国にいる外国人を困り者あつかいしないために、また、自分が外国へ行っても肩身《かたみ》の狭い思いをしないために」と言っています。「ドイツ人」のところを「世界中の人々」に置きかえれば、現代に生きる私たちへの言葉として響いてくるものがありませんか。

言葉を通して人間としての共通性を見つけ、またその違いや多様性を尊重し合うことで、おたがい調和し共存できる道筋《みちすじ》も見つかるのです。

欠点について考える

自分の欠点を正し、過《あやま》ちを償《つぐな》ってくれるものを最高の幸運と呼ぶ。

『格言と反省』の「経験と人生」より――

「つねに自分をよりよい人間に改良するために努力をしてきた」というゲーテにとって、最高の幸運とはお金でも名誉でもなく、自分の欠点を正し、人格を高めてくれるものに出会うことであった。気高《けだか》い精神とはこのようなことを言うのであろう。

自分の欠点を指摘されたとき、人はどのように反応するでしょうか。「まったくその通りです。以後改めます」と心から言える人はどのくらいいるでしょう。

指摘されたことが当たっていると思っても、すなおに反省するどころか、逆に「お前にそんなことを言われる筋合《すじあ》いはない」などと腹を立ててしまうことはありませんか。高潔《こうけつ》な人柄というものは、簡単に身につくものではありません。

しかし、まったく欠点のない人というのも近寄りがたく、人間味に欠けるような気がします。『親和力』の中でゲーテは、「欠点の中にはその人間にとって不可欠と思われるものがある。もし、昔からの友人がその欠点を改めたと知ったら、不愉快《ふゆかい》になるだろう」と言っています。憎めない欠点、愛すべき欠点というのもあるのです。

ゲーテはまた、「人の気持ちを傷つけず、むしろ人の心をいい気にさせるような欠点ならば、それを育成してもいい」とまで言っています。欠点とは、必ずしも非難されるものではありません。何を欠点と感じるかは、お互いの関係がどのようなものであるかにより、決まることも多いのです。

満たされることのない心

どうせ、人間はどんな瞬間にも満足はしないものだ。

『ファウスト』第二部第五幕の「真夜中」より――

呪文《じゅもん》や魔法の世話にはならず、一人の人間として自分の人生に向き合おうと決意したファウストだが、たとえその先に楽があったとしても、満足することはないだろうと思っている。この後には、「幸福も不幸もすべてが悩みの種《たね》となり、満たされることなく飢《う》えるのです」という悪霊の言葉が続く。

幸福のさなかにいても満たされない心について考えたことがありますか。他人の目から見れば十分に幸福と思われるのに、もっと大きな幸せを夢見て、満たされない思いを抱く人がいます。また、幸せだからこそ、その幸せがある日、自分の手から離れていくのではないかと心配する人もいます。

いったんそういう思いに取りつかれてしまうと、心の中はねたみ、疑い、不安でいっぱいになり、今そこにある幸せを感じることができないどころか、苦しみばかりを意識してしまうことになります。「幸福も不幸もすべてが悩みの種」とはこういうことを言うのでしょう。

幸せに尺度はありません。何億もの財産があっても心が満たされない人もいれば、つましい生活でも家族が今日一日元気に過ごせたことに感謝して眠ることができる人もいます。幸せは目に見えないものでも、手に入れることが難しいものでもありません。まずは自分をよく知ること、そして自分のまわりの人やものを大切に思うこと。後はしっかり目を開けて、手をのばすだけでいいのです。

ありあまる幸せの中で飢えることがないように生きたいものです。

一度でも自分の目で見てみる

人間というのは、知ることの速さに比べ、なんて行うことの遅い動物なのであろう。

『イタリア紀行』より――

一七八七年三月十七日、イタリア南部のナポリを訪れたゲーテが、『イタリア紀行』中に書きしるしている。この前に「これまでにたくさんの物を見、それ以上にたくさんのことを考えてきたが、それらがようやく自分自身のものになってきた」とある。ゲーテ三十七歳のときの言葉。

私たちはこの世に生を受けて以来、あらゆる分野において、実にさまざまなものを見聞きし、また教えを受けながら生きています。若いころ何かについて知っているつもりになっていても、後年、実際にいろいろなことをしてみてからやっと、その意味を体感できることがあります。絵画や小説の舞台になった場所を訪れて、初めて、その作品を自分のものとして楽しめるようになることもあります。

ナポリを訪れたゲーテは、街の想像以上の美しさと、ドイツ人には決してまねのできない、人々の快楽優先の生き方に圧倒されます。それは一年の長い時期を雪に閉ざされ、光の少ない国で生きてきた者にとってショックなことでした。

ドイツでのわずらわしい日常や、人妻との恋の悩みから追われるようにしてイタリアをめざしたゲーテにとって、ナポリは「再生の地」だったのです。

「生まれ変わってドイツに帰るのでなければ、むしろ帰らないほうがましだ」とまで言わしめ、ドイツに帰国後は政治的な公職をすべて退き、芸術家としてのみ生きていくことを決心させたイタリア旅行。百冊の本よりもただ一度の出会いが、人生を変えることもあるのです。

愚者《ぐしゃ》と賢者《けんじゃ》

愚《おろ》かな者も賢《かしこ》い者もどちらも害にはならない。半分ばかな者と半分賢い者がもっとも危険である。

『親和力』第二部第五章より――

シャルロッテの養女オティーリエの日記中の一節。この前に「人間はふつう、実際以上に危険と思われている」とある。文学や思想、政治の世界に大きな影響力を持つゲーテに対しては強力な反対派もいたようだが、ゲーテは彼らの意見も冷静に受け入れたという。

最近の、商取引やＩＴ関連のさまざまな事件は、その犯罪性を理解できる人間とそうでない人間が、同じ社会に存在することを示しました。ひと昔前、犯罪はだれの目にも明らかでした。盗み、危害、うそをついて利益を得ることなど、難しい法律を知らなくても、それらは悪いことだとだれもが判断できました。

しかし、高度に進んだ文明社会は、その分野において特別に優《すぐ》れた人間しか思いつかないような犯罪や、現状の後追いになっている法律をあざ笑うかのような新しい犯罪を、次々と生み出しています。人にまさる能力を持ちながら、それを悪用し、結局は犯罪者となる危険な人間を作り出したのです。

でも、「愚かな者も賢い者も害にはならない」というゲーテの言葉は、現在でも通用するのかもしれません。罪を犯す者は真の愚者でも真の賢者でもないと言えるからです。

普通《ふつう》の人々は賢者と愚者の中間にあり、ゲーテの言うように、こうした人間がもっとも危険なのかもしれません。賢者にもなれず、愚者になりきることもできない私たちは、せめて罪を犯さずにすむだけの「知恵」を持つ必要があります。

自分の心を支配できない者

自分自身の心を支配できないものにかぎって、他人の意志を支配したがるものだ。

『ファウスト』第二部より――

魔女エリヒトーの言葉。この前に、「だれもやすやすと国を人手にわたすことはいたしません。力ずくで奪い取り、力ずくで治めようとするものに、だれが国を差し出すでしょう」とある。

ゲーテの言葉の中の「心」と「意志」を、「国」に置きかえてみましょう。「自分自身の国を支配できないものにかぎって、他人の国を支配したがるものだ」となります。国を治める力のなさが表《おもて》へ現れそうになると、その国の支配者は、国民の目を内政から遠ざけるため、不必要な戦いを近隣の国にしかけたり、争いの種《たね》になるようなことを自然発生風に作ったりして、悪いのは隣の国とばかり、自国民の一致団結をせまります。これは歴史上お決まりの手段です。

では、「家庭」に置きかえてみたらどうでしょうか。夫の浮気や子どもの非行などで家庭が行き詰まったとき、その攻撃の方向を夫の浮気相手に向けたり、子どもの学校に向けたりするというのも、よく聞く話です。浮気相手や学校を責める前に、自分自身を見つめなおす必要があります。自分の利害ばかりを考えて、他人への迷惑を忘れてはいませんか。

ゲーテは友人の画家マイヤーあてに次のような書簡《しょかん》を送っています。

「私たちが内《うち》に向かって私たちのなすべきことをすれば、外に向かってなすべきことはおのずとなされるでしょう」

欺《あざむ》くということ

だれかに欺かれるのではない。自分で自分を欺くのだ。

『格言と反省』の「経験と人生」より――

この前には「友人を欺くよりは、友人について自分自身を欺くほうがまだましだ」とある。人も自分も裏切らずに生きていくのはなかなか難しいものだ。

大きな目標をかかげ「さあ、がんばるぞ」と仕事を始めたとき、人はその目標が達成されたときをイメージして、得意顔で毎日を送るに違いありません。しかし、引き続き起こる予想外の困難に、いつしか根気もなくなり、この仕事は最初から無茶だったのではないだろうかとか、ゴールの見えない仕事に気力を使い果たして何になるのだと、その仕事を始めたことを後悔したりさえします。

イメージ通りの成果が得られなかったことを、計画の甘さや努力不足、がまん不足と認識して、自分を責めることはなかなかできないものです。でも、人は自分以外のものを責めるのは上手です。花びんを割れば、こんなところに置いておくからいけないのだと言い、試験に失敗すれば、出題傾向が変わったのが原因だと言いわけし、仕事がうまくいかなければ、時代のせいだなどと悪口を言ったりするものです。失敗の原因の多くが自分にあるとは思わない、悪いのは自分だとは思いたくないのです。

人やものに欺かれることには敏感に反応しても、自分で自分を欺いていることには、なかなか気がつかないものです。

自由の代償

ほんとうは自由ではないのに、自由だと思っている者がいちばん奴隷《どれい》になっている。

『親和力』第二部第五章より――

『格言と反省』の「経験と人生」には「人間はだれしも自由を手に入れるとすぐに自分の欠点をさらけ出す。強いものは行き過ぎ、弱いものは怠《なま》ける」という言葉もある。自由の恩恵にあずかることの難しさについて述べたものである。

多くの人が世間のしきたりにとらわれ、数々の制約の中で生活していた昔、「自由」という言葉ほど希望にあふれ、夢や勇気を与えたものはないでしょう。

しかし今では、日々のちょっとしたことに感じる晴れ晴れとした気持ち——制服から解放されて着ていくものを毎朝選べる喜び、一人暮らしを始めて家族との時間にしばられず食べたり寝たりできる喜び、自分で得た収入で気がねなく買い物ができる喜び、など——以外には、あまり「自由」ということへの意識なく、毎日の生活を送っています。

しかし、着ていく服を毎日選ぶことで出費が多くなったり、気ままな食生活で体調をくずしたり、カードローンの支払いに追われたりして、自分が感じていたあの解放的な気持ちが、いつしか苦痛なものに変わったときに初めて、自由の裏面にある責任や自己管理という言葉を痛感し、自由の恩恵にあずかることの難しさに思いが至るのです。

お金も自由もそれを生かすためには能力が必要です。身にあまるお金や自由の奴隷にならないように気をつけたいものです。

自分を制御すること

私たち自身を制御しようとしないで、私たちの精神を解放するものはすべて危険である。

『格言と反省』の「経験と人生」より――

同じ「経験と人生」の中に「制約のない行為は、どのような種類のものであっても、結局は破産する」とある。精神の解放のためには自制心が必要であり、行為が成就《じょうじゅ》するためにはある程度の制約が必要という。制限のないところに意義のあるものは生まれない。

スピード狂の若者にスポーツカーを与えたり、物の価値がわからない子どもに大金を持たせることなどは、ブレーキのきかない自転車で坂道を下りるのと同様に、危険きわまりないことです。

親元を離れ、都会で一人暮らしを始めた若者がいます。狭いアパート、なじまない言葉、一人でしなければならない家事にとまどいながらも、今までに経験したことのない、のびやかな気持ちで生活しています。日常のささいなことで小言《こごと》を言われることもなく、どこで何をしようと、何時に帰ろうとだれにも何も言われない生活に、たとえようのない解放感を味わっています。

ここで人は大きく二つに分かれます。自分を制御《せいぎょ》できる人間と、できない人間です。自分の生活のすべての決定権が自分にあるとわかったとき、人は初めて自分というものに直面します。これまでの成長過程で養ってきたものがどのようなものか、この時点で明らかになると言ってもいいでしょう。

周囲の人間の自分への愛情を思い起こすことができる人ならば、それは制御できる人です。愛情を裏切らないため、愛情に報いるために制御するのです。

知るということ

人が何かを知っていると言えるのは、少ししか知らない場合だけです。多くのことを知るにつれ、疑いが増すのです。

『格言と反省』の「認識と学問」より――

一八二八年、ベルリンの音楽家ツェルターにあてた書《しょ》簡《かん》中の言葉。『格言と反省』に収められた言葉には、「知る」ことについて書かれたものが多い。たとえば、「人は知っていることについては自慢するが、知らないことに対しては横柄《おうへい》な態度をとることが多い」という言葉もその一つ。

「知る」というのは奥の深い言葉です。「あっ、それ知ってる」というレベルのものから、「酒の味を知る」「子を持って知る親の恩」など、言葉の深さや重さがこれほど多くのレベルを持つ言葉もあまりないでしょう。

情報を手に入れるという意味の「知る」ことが、今のように速く簡単な時代はこれまでにありませんでした。コンピュータの出現によって、自分の望む情報が瞬時に得られるようになったのです。速く、多く知ることが人を制する時代となり、コンピュータをあやつれるかどうかが、世界中の人間を貧困層と富裕層に分けるとまで言われています。

しかし、「物事の内容を理解し、わきまえる」という意味の「知る」はますます遠く、薄くなっているように思います。本を読み、くり返し考え、疑問が起これば それを探求する。自分の無知を知り、思慮《しりょ》深い人間になるための知性が育《はぐく》まれるためには、それだけの時間が必要なのです。あふれる情報に押し流されることなくそれらを活用し、コンピュータとの共存の道を模索《もさく》するのが、現代人のなすべきことでしょう。「知らないものほどよくしゃべる」と言われないためにも。

過《あやま》ちについて

青春の過ちを老年に持ちこんではいけません。老年には老年の欠点があるのですから。

『ゲーテとの対話』より――

ゲーテの秘書エッカーマンによる『ゲーテとの対話』の中の言葉。一八二四年、ゲーテが七十五歳のときの発言らしいが、どのようないきさつで語られたのか忘れてしまった、とエッカーマンは書いている。

今の若者は、昔にくらべて成熟度が足りないとよく言われます。彼らの精神年齢は、実年齢の七掛けだと言う人もいます。確かに二十歳の若者が実は十四歳だと思えば、それほど腹も立ちません。一方の大人たちを見回しても、失言続きの政治家や、会社の不祥事《ふしょうじ》にいっせいに頭を下げる役員たち、痴漢《ちかん》で捕まる知識人など、とても良識ある大人とはいえない人たちの言動が目立ちます。

ゲーテは、青年期の過ちは青年期のうちに改め、次の時代に持ち越すなと言っています。そうしないと、老年期には老年期の欠点があると言いますから、過去代々の過ちまでもが改められることなく存在するようでは、年をとればとるほど救いようのない人間になってしまいます。

人間ですからだれしも多少の過ちは仕方ありません。問題はそれをどのように解決し、それからの人生に生かしていくかでしょう。過ちがその人の人生をよい意味で大きく変えた例もたくさん耳にします。過ちを改めるのに遅すぎることはありません。くれぐれも「老害」などと陰口《かげぐち》をきかれないように、自分自身を厳しく律《りっ》して生きたいものです。

定められた道を歩む

人間というものは、何を志《こころざ》し、どんなことを企《くわだ》てようと、結局は自然があらかじめ定めた道に連れ戻されるのだ。

『詩と真実』第一部第四巻より——

聖書をあらゆる面から研究するために、ヘブライ語を学ぶ必要があると考えた幼いゲーテは、父親に頼んで家庭教師をつけてもらった。語学そのものの成果は上がらなかったが、聖書の世界を心の中に浮かび上がらせることには有益であったらしい。

生け花などで、枝の形を整えるために曲げることを「矯《た》める」と言いますが、これはかなり難しい作業です。力を入れて曲げればすぐにポキンと折れてしまいますし、恐る恐る曲げるのでは、なかなか思うような形になりません。しなやかな枝なら形が作りやすいと思われますが、意外にこれも難しく、その場ではうまくいっても、翌日には元の枝ぶりに戻っているということがよくあります。自然が決めた形を人間の力で変えるのは、簡単なことではありません。

田舎《いなか》の生活に嫌気がさし、あこがれの都会に出てはきても、やっぱり自分にあった暮らしができるのは田舎だと帰っていくのは、イソップ童話の「田舎のネズミ」ばかりではないようです。「自然」や「田舎」がタイトルについた本やテレビ番組の多いこと。「ゆっくり、のんびり、無添加、ヘルシー」の文字を見ない日はありません。

発達しすぎた文明社会から逃れて自然との共生に戻るのが、あらかじめ定められた道と大人は考えますが、生まれたときから今の社会が用意されていた子どもたちにとって、「定められた道」がどちらなのかを見守りたいところです。

若いということ

たとえ、世界がいくら進歩したところで若者はいつの時代でも最初の地点から出発し、個人として世界文化の進化の過程をいちいち経験していくしかないのだ。

『ゲーテとの対話』より——

一八二七年、七十八歳のゲーテは、秘書のエッカーマンと、シラーの初期の作品について話し合っていた。完成度が低いと思われる作品なのに多くの若者の支持が得られていると言う、エッカーマンの話にゲーテが答えたもの。

見た目も味もこの上なくすばらしいケーキがあっても、子どもが手を出すのは毒々しい色の駄菓子《だがし》だったり、良質の革《かわ》で作られた靴《くつ》を勧《すす》めても、子どもが選ぶのは漫画のキャラクターがついたスニーカーだったりで、がっかりしたことはありませんか。いくつかの失敗を重ね、遠回りをして大人になったとき、子どもにだけは同じ失敗をくり返させたくないと、親はさまざまな助言をしますが、なかなか子どもには伝わらないものです。

でも、駄菓子も食べず、漫画も見ず、親の言うことをすなおに聞いて効率よく時間を使い、親の与えるものだけを食べ、洗練されたものだけを身につける子どもには、だれもがうらやむような、すばらしい人生が約束されているのでしょうか。彼らは価値のわかる大人に成長するのでしょうか。

人類がいくつもの進化の過程を経て今の姿になったように、文明が途方《とほう》もない時間をかけて進歩してきたように、一人の人間も、一つひとつの過程を順番に経験することによってしか、大人にはなれません。つまり、一見まわり道のように思われる過程を経ることで、価値のわかる大人になれるのです。

偉《い》大《だい》なものとは

およそ偉大なものは何であれ、私たちがそれに気づきさえすれば、必ず人間形成に役立つものだ。

『ゲーテとの対話』より――
一八二八年十二月十六日。エッカーマンが、詩人バイロンのことを「彼の才能が偉大だとしても、はたして彼の作品が人間形成に役立っているか疑問だ」と言ったことに対して、ゲーテが答えたもの。

「偉大な」などという形容詞がつくものを周りで探そうと思っても、そう簡単に見つかるものではありません。偉大な政治家もいませんし、偉大な芸術家や偉大な作品というのも、歴史が証明してくれるまで待たねばなりません。

今の子どもたちは、偉人伝などはあまり読まないようです。時代が大きく変わってしまったので、昔の教えが現代に合わなくなってしまったり、歴史の研究が進むにつれ、史実に誤《あやま》りがあることがわかったりで、子どもの人間形成のためにと、手っとり早く偉人伝を読ませる教育方法は、過去のものとなってしまったのかもしれません。

しかし、ときおり、このせち辛《がら》い世の中の一隅《いちぐう》を照らすようなニュースに接することがあります。自分の身をかえりみずに人の命を救った韓国の青年や警察官、貧しい国の食糧事情改善のため現地での品種改良に自分の一生を捧げた人、子どもたちの安全のため何十年も通学路に立つおばさん、……。

歴史に名を残す人でなくても、心の中の何かを呼び覚《さ》ましてくれる人は、案外近くにいるものです。

自分自身を知る

楽しんでいるときか悩んでいるときにのみ、人間は自分自身を知る。また、悩みと喜びのみが自分の求めるもの、避《さ》けねばならないものは何かを教えてくれる。

『ゲーテとの対話』より――

一八二九年四月十日の、エッカーマンの日記に記載。「人間とは不可解なもので、世の中のこともろくにわからないが、自分自身のことがいちばんわからない。私もやはり自分を知らないが、知りたくもないね」というゲーテの言葉が続く。

自分自身を知るのが目的で何かをしている人はあまりいないでしょう。でも、何かをやってみた結果、自分が見えてきたり、自分以外の人を通して自分がわかることはよくあります。今日こそは退部届けを出そうと決心したのに、次の試合に向けてがんばっている自分に気づいたとき、自分の子どもの安心しきったあどけない笑顔に心が満たされるのを感じたとき、言葉ではうまく説明できなくても、自分の求めているものが何なのかはっきりわかることがあります。

家を買うときに、あれもこれもと思っていると、なかなか決まりませんが、この条件だけは譲《ゆず》れないというものを先に決めてしまえば、自分の望む形があっさり見えてくるのも同じことでしょう。ガーデニングが何よりも好きという人ならば、いくら大きくても日の差《さ》さない庭の家は選ばないでしょう。もし、その家を選んでしまうようならば、その人のガーデニング好きというのはその程度のものだったのだと判断できます。

自分の部屋や自分の友達、あるいは自分の夫、妻や恋人などを見てみれば、自分自身がどういう人間なのかわかるというものです。

他人に仕《つか》えるということ

進んで他人に仕える者などいない。しかし、そうすることが結局自分のためになるとわかれば、だれだって喜んでそうするものだ。

『ゲーテとの対話』より――

一八二九年四月六日。エッカーマンがナポレオンの名声を評して「彼の人格には独特の魔力があったから人々は彼のとりこになった」と言ったのを受けて、ゲーテは「それ以上に大事なことは、人々がナポレオンを指導者と仰ぐことで自分たちの目的が達せられると確信したことだ」と述べた。

「恵まれない人たちのために無報酬《むほうしゅう》で働いている」と言っている人がいます。本当に何の見返りも求めていないのでしょうか。この善行をだれかが見ているかもしれない、いや見ていて欲しい、神様ならきっと見ているに違《ちが》いない、と形には現れない報酬をひそかに期待してはいませんか。心の片隅《かたすみ》にひそむ、「いつかは自分のためになる」という気持ちを、完全に否定するのは難しいでしょう。

子どもを持ったばかりの親はどうでしょう。今、この子をかわいがっておくのは、将来の自分のためだなどと考えて子育てする親がいるでしょうか。自分の持てるすべての時間や労力を惜《お》しみなく与えて、その小さな命をまるごと引き受け、しかも何の見返りも求めずに喜びを覚えているのが親なのです。これほど純粋で尊いものはないでしょう。

しかし、人間とは実に不思議な生き物です。究極の愛で子育てをしながら、自分の親も同じ気持ちで自分のことを育ててくれたのだとは、なかなか気づかないもの。「親孝行したいときには親はなし」ということにならないように、一日も早く親の恩に報《むく》いる生活をしたいものです。

憎悪《ぞうお》と軽蔑《けいべつ》

憎悪で人は傷つかないが、軽蔑は人を破滅させる。

『ゲーテとの対話』より——

一八三一年二月十五日。演劇談義から、フランスの王《おう》妃《ひ》マリー・アントワネット、ドイツの政治的陰謀《いんぼう》家コッツェブーに話がおよび、彼らの悲劇的な死は、民衆が彼らを軽蔑するようになったことに原因があると、ゲーテは説明した。

良識ある人が、ある瞬間、自分は人から憎まれているのかもしれないと感じたとき、どのような行いに出るでしょうか。もちろん、その原因を自分の中に探したりはするでしょうが、相手との距離を置いたり、時間が解決してくれるのを待ったりして、なるべく自分が傷つかないようにするのが普通《ふつう》だと思います。

しかし、もし自分が軽蔑されていると知ったらどうでしょう。自分のちょっとした言動が原因で、それまでとはまったく異なる面から自分が見られ、そのことで陰口《かげぐち》をきかれ、軽蔑のまなざしで見られるようになったら、はたして平静でいられるでしょうか。ましてやその人が知名度もあり、ひとかどの人物と思われていたならば。

人は、口にこそ出しませんが、心のどこかで人から尊敬されたい、認められたいと思っているものです。身から出たサビとはいえ、今日まで積み上げてきたものが一つの失敗で帳消《ちょうけ》しにされ、取り返しのつかない言動と自分の名前が常に一対となって、人々の記憶に残ってしまうのです。

思慮《しりょ》に欠ける行いで自滅《じめつ》の道を歩まないよう、心して生きなければなりません。

自分を磨《みが》く

すぐれた人格を感じ取り、それを尊敬するためには、自分自身もまた、それなりの者でなければならない。

『ゲーテとの対話』より――

一八三一年二月十三日。「美術や文学においては人格がすべてのはずなのに、批評家や評論家の中には、それをつまらないものとみなす連中がいるんだよ。頭がからっぽな者には崇高《すうこう》なものはわからないのさ」と、ゲーテはエッカーマンに話している。

子どものころ、「あなたの尊敬する人はだれですか」との問いに「両親」と書いた人はいませんか。こう書いておけば親や先生が喜ぶからと書いた人もいるでしょう。しかし、ゲーテによれば、だれかを尊敬するには自分もまたそれ相応《そうおう》の人物でなければいけないというのですから、子どもが親を尊敬するなど、百年早いと一蹴《いっしゅう》されることなのかもしれません。

自分が出産し、子育ての大変さを身にしみて感じたときに初めて母親のすごさがわかったり、自分が社会人になって改めて、定年まで勤め上げた父親の偉大さがわかったりするものです。親を尊敬するにもそれなりの時間や経験が必要だということでしょう。

また、ゲーテは美術や文学においては人格がすべてだと言っていますが、芸術に限らず、人間のすることすべてに人柄や品格は現れるものです。もし、何かにすぐれた人格を感じ取ったならば、それを感じた自分も同じ人格の持ち主だと思っていいのです。ゲーテの作品に彼のすぐれた人格を感じ取るために、私たちは自分を磨かなければなりません。

無《む》に帰るまでに

人間はみな、ふたたび無に帰るしかないのだ。

『ゲーテとの対話』より――

一八二八年三月十一日。「並はずれた人間はみな、何かの使命を背負い、それを成《な》し遂《と》げることを天職としている。そして使命を完璧に成し遂げた後は、これ以上、地上にその姿でいる必要がなかったと言えよう。それは永く続くこの世界で、ほかの人たちにもなすべき仕事を残しておくためなのだ」と続く。ゲーテ七十九歳の言葉。

一七四九年に生まれ、一八三二年に八十二歳で亡くなったゲーテは、当時としてはかなりの長命でした。同時代人の、モーツァルトは三十五歳、バイロンは三十六歳、親交のあったシラーは四十五歳、ナポレオンは五十一歳でそれぞれ亡くなっています。みんな、ゲーテの後に生まれ、ゲーテの前にその生涯《しょうがい》を閉じているのです。自分の使命を急いで果たし、再び無に帰ってゆく天才たちを見届けたゲーテの胸のうちを思うと、何かしら迫るものがあります。晩年のゲーテは、妻や息子に先立たれてもなお精力的に仕事をこなし、恋もし、食欲も旺盛だったようですが、彼の死生観には高僧の悟《さと》りにも似た響きが感じられます。

天才はともかく、世の中の大勢の凡人《ぼんじん》たちも、この世に生を受けたからには何か使命を持って生まれてきたのだと思いたいものです。どんな命にも意味があるはずです。私たちはそのことに早く気づき、為《な》すべきことを為し、先人たちが私たちに残してくれたものとあわせて、すみやかに次の世代へ引き継ぐべきではないでしょうか。

ゲーテは言っています、「偉大なことを成し遂げるには若さが必要だ」と。

コラム 4

カリオストロと『大コフタ』

カリオストロ（一七四三〜一七九五）はゲーテとほぼ同時代に生き、ヨーロッパの社交界で暗躍《あんやく》した人物です。詐《さ》欺《ぎ》まがいの錬金術《れんきんじゅつ》や予言で宮廷に取り入る一方で、貧しい人には無料で医療を施《ほどこ》すなど、話題に事欠《ことか》かず人々を魅了しました。

王妃マリー・アントワネットの偽物が仕立てられた、ダイヤモンドの首飾り詐取《さしゅ》事件では、無実にもかかわらずとらえられ夫人と共に投獄《とうごく》されました。真犯人が女詐欺師と判明し、釈放されたときには民衆が歓呼で迎えたといいます。

イタリア旅行中にカリオストロの生家を訪ねたゲーテは、首飾り事件をモデルに喜劇『大コフタ』を執筆。ゲーテもまたカリオストロに魅了された人々の一人だったのですね。

ゲーテは「王妃の首飾り事件は革命の幕開けであった」と書きます。カリオストロは強者の鼻をあかし弱者の味方をすることで、民衆に立ち上がる勇気を与えた、大いなる詐欺師だったのです。

喜劇『大コフタ』

●ゲーテの代表作品

『(鉄の手の) ゲッツ・フォン・ベルリヒンゲン』(1773)
『若きヴェルテルの悩み』(1774)
『タウリスのイフィゲーニエ』(1787)
『トルクワト・タッソー』(1790)
『ヴィルヘルム・マイスターの修行時代』(1796)
『ヘルマンとドロテーア』(1797)
『親和力』(1809)
『色彩論』(1810)
『詩と真実』(1811)
『イタリア紀行』(1816-1817)
『西東詩集』(1819)
『ヴィルヘルム・マイスターの遍歴時代』(1821)
『ファウスト』(第一部1806、第二部1831)

●参考図書ほか

Goethes Werke. Hamburger Ausgabe in 14 Bänden. (anmerk. von Erich Trunz, C. H. Beck Verlag)
『ゲーテ全集』(全15巻)、潮出版社
『ゲーテ格言集』、高橋健二・編訳、新潮文庫
『ゲーテとの対話』、エッカーマン／山下肇・訳、岩波文庫
『ファウスト』、ゲーテ／小西悟・訳、大月書店
東京ドイツ文化センター (Goethe-Institut Tokyo)
ドイツ観光局 (German National Tourist Board)
Goethes Leben in Bilddokumenten. (Jörn Göres, C. H. Beck Verlag)
Goethe-Museum. Werk, Leben und Zeit Goethes in Dokumenten. (Helmut Holtzbauer, Aufbau-Verlag Berlin und Weimar)
Zu Gast Bei Goethe. Der Dichterfürst als Genießer. (Joachim Nagel, Wilhelm Heyne Verlag)
Goethe in Weimar. (Karl-Heinz Hahn / Jürgen Karpinski, Artemis Verlag)
Leipzig. Reisen in Deutschland. (Peter Hirth / Tobias Gohlis, C. J. Bucher Verlag)
Goethe und die Naturwissenschaften. (Otto Krätz, Callwey Verlag)

●執筆者
山﨑広子　人、芸術、社会をテーマに取材記者、ライターとして活動。
青木英明　フランス語通訳などを経て、現在はライター、編集者、予備校講師。
田中紫野　ライター、編集者、英語の個別指導教師として活動。

●校閲／鬼頭潤子
●編集協力／(株)一校舎
●本文デザイン／金親真吾
●DTP製作／ディーキューブ

自分の心をみつける　ゲーテの言葉

編　者――一校舎比較文化研究会
発行者――永岡修一
発行所――株式会社永岡書店
〒176-8518　東京都練馬区豊玉上1-7-14
代表 ☎ 03（3992）5155　編集 ☎ 03（3992）7191
印　刷――図書印刷
製　本――コモンズデザイン・ネットワーク

ISBN978-4-522-47593-5　C0176
落丁本・乱丁本はお取り替えいたします。　⑤